SHANGHAI LITERATURE & ART PUBLISHING GROUP

故事会
精品系列

故事会 ®

斗智故事

I0517141

上 海 锦 绣 文 章 出 版 社
上海故事会文化传媒有限公司

上海文艺出版（集团）有限公司

图书在版编目（CIP）数据

斗智故事 《故事会》编辑部编 – 上海：上海锦绣文章出版社
（故事会精品系列） ISBN 978-7-5452-0273-1

Ⅰ．①斗…Ⅱ．①故…Ⅲ．①故事 作品集 中国 当代 Ⅳ．I247.8

中国版本图书馆 CIP 数据核字（2009）第 028891 号

丛 书 名：故事会精品系列

书 名：斗智故事

主 编：何承伟

编 委：何承伟 吴 伦 姚自豪 夏一鸣

责任编辑：刘迎曦 鲍 放

装帧设计：王 伟

责任督印：张 凯

出 版： 上海锦绣文章出版社

上海故事会文化传媒有限公司

POD 海外发行： 中国图书进出口上海公司

电话：021-36357888

传真：021-36357896

地址：上海市虹口区广中路 88 号

邮编：200083

海外 POD 发行版本

上海故事会文化传媒有限公司 出品（00246） www.storychina.cn

STORIES

目　　录

临危应变

出其不意

相机行事

以牙还牙

临 危 应 变

在紧急关头,人们往往是能够当机立断的。智谋出于急难,巧计生于临危。

天网恢恢

赵林中考后在家没事,就到舅舅的洗车店帮忙,洗车店在镇东一公里外,318国道正好打那儿经过。

这天中午,日头毒辣辣的,晒得路上行人和车辆都不见了影儿,舅舅到镇上买饮料,留赵林一人在树阴下打盹。

突然,"笛笛"刺耳的汽车喇叭声惊醒了赵林,他爬起来一看,是辆"东风"载重车。见有了生意,赵林忙热情地招呼:"师傅,要洗车吗?"

"不洗车找你干啥? 手脚麻利点,我还急着赶路呢。"从驾驶室里走下个三十多岁的大个子司机,脸上的横肉绷得紧紧的。他向四周看看,问:"就你一个人?"

"还有一个,到镇上买饮料去了。"赵林说着,拿起了水枪。

大个子抓起块抹布拦住赵林,挥挥手嚷道:"先到后面去,把车屁股洗一洗。"

赵林有些生气,心想:这人是不是跟谁吵了架,跑到我这里出气来了?他不情愿地转到后面,一转脸,发现大个子正拿着抹布很快地擦车的左前轮。赵林心里一动:这家伙,擦轮胎干啥,一上路还不是弄脏。会不会有问题?他故意把水枪偏移一点,对准驾驶室左侧喷过去。

水珠溅到了大个子身上,"哎哟,你搞什么鬼名堂?"大个子像踩了电门一样跳起来,脸上的肉也在跳。

"对不起,我没看见你在这儿。"赵林边说边蹭过去,眼睛扫向轮胎,这一扫不要紧,他当时就愣住了:轮胎上面沾满了暗红的血!

赵林看着大个子问:"这上面怎么这么多血?"

"一只兔子跑到轮胎下面做了冤死鬼。"大个子把眼睛转向别处,故作镇定。

"噢,让我来帮你冲干净。师傅跑长途有年头了吧?"赵林一边干活,一边找话和大个子瞎扯,眼睛细细搜索着轮胎四周,忽然他看到轮胎的内侧夹着一块沾有血迹的布条,看上去是新鲜的衣料,心中已明白了八九分。

"好了,好了,再给车头来几枪。"大个子有些着急,从口袋中掏出两张老头票,往赵林衬衣口袋中一插,"小兄弟,这点钱你拿着,不用找了。"

赵林连忙推辞:"这怎么可以?车还没擦干呢。"

"算了,算了。"大个子已跨进驾驶室,又从车窗里探出半个脑袋,满眼凶光,"记住,今天的事不要对任何人说,不然……哼!"

"你开你的车,我发我的财,咱们井水不犯河水,大哥的意思我明白。"赵林拍拍衬衣口袋,看着他的车驶上国道后,忙飞奔回屋,给"110"打电话。

就在这时,门口一黑,大个子杀气腾腾地走进来:"果不出我所料,你小子好大胆子!"说着,挥拳就打。

虽说赵林也长得不矮,可毕竟身单力薄,哪打得过这身高体壮的家伙,只几下就被一拳击中太阳穴,当即不省人事。

等赵林醒来,发现已被反绑了手,半躺在卡车的驾驶室里。大个子司机把车开得飞快:"小子,醒过来了? 反正撞死一个也是死,杀死一个也是死,老子我一不做二不休,等会天黑了,把你往山沟里一扔,你就到阎王那里报案吧。哈哈……"

赵林不说话,脑子却飞快地转动:张嘴喊救命,他一拳就会把我打昏;跳车逃走,根本不可能,在他眼皮底下,手指动一下都看得清清楚楚;看来只有智取了。

想到这儿,他"嘿嘿"笑起来:"别高兴得太早,你的车牌号码我已写在屋里的记事本上了,只要我那同伴买饮料回来,你就是跑回老家也能捉住你!"

大个子一惊:"胡说!"

"不信吗? B20478,我说得没错吧?"

"吱——"大个子猛一刹车,紧盯着赵林的脸。

赵林心中暗喜,脸上镇定自若:"把我送回去,再给我们一人五百块,咱们就扯平了。"

大个子想了一会,果然掉头往回开去。

二十分钟后,汽车回到洗车店,大个子随手拿过条毛巾,塞进赵林嘴里,然后关上门下车去了。坏了! 赵林心想。嘴里的毛巾有一股汽油和汗酸混合的异味,差点没把赵林熏昏过去,他想挺起身靠近车门,但被捆得死死的,一动也不能动。

大约过了十几分钟,车门"呼"地一声开了,大个子又拖了一个昏迷的人上车,竟是赵林的舅舅!"小子,记事本上根本没有那玩意儿,又让你耍我一回,我给你记着。这下可好,我怕你的同伴以后会想起我,只好让他陪你一块去死啦。"说着,把两人捆在一起,而且嘴里都塞了毛巾。两个人躺不下,所以赵林和舅舅是坐在驾驶室里的,下身可以活动,上身却根本动不了。

汽车又上路了,时间一分一秒地过去,赵林的舅舅醒过来,但嘴被堵着,干瞪眼说不出话。路上经过了几个村庄和一个小镇,大个子踩足油门,车子一闪而过,外人根本看不出什么来。

天渐渐黑下来,赵林感觉到死神正在悄悄逼近。怎么办?现在唯一能动的就是腿,可腿有什么用?他忽然看到路边一个牌子晃过,上面好像写着:离野山河大桥还有十公里。有了,赵林想起春节时曾到这儿玩过,野山河桥头有个收费站。看来只有在那儿做文章了,如果不成功,车子再走四五十里进入山区,舅舅和自己真要成为山谷冤魂了。

汽车飞速前行,赵林也在为自己的计划作准备,悄悄挪动双腿,因为光线较暗,大个子并没注意。

车子快到收费站时,速度果然慢下来,到了收费岗亭,大个子转过脸去交钱,赵林瞅准这千载难逢的时机,突然把腿抬起,一脚踢向大个子的胳膊!大个子猝不及防,方向盘转个半圆,车子一侧实实在在地撞在了岗亭上。

收费站一下拥出四个小伙子,结局当然是逮住了大个子,赵林和舅舅得救了。

回来的路上,赵林的舅舅心有余悸地说:"假如那司机在车上就把我们搞死,到时再往山沟里一扔,不就什么都完了吗?"

赵林笑笑:"善有善报,恶有恶报,坏人总没有好下场,这就叫'天网恢恢,疏而不漏'呀!"

(王宗剑)

(题图:谭海彦)

紧急求救

　　池文波是江红县红光小学四年级的学生,别看他人长得小,可一双眼睛会说话,聪明伶俐,在学校里是个品学兼优的学生。

　　这天,池文波上完晚自习,就和同学们有说有笑地往家赶,不料走到半路上,天气陡变,忽然刮起风来,而且越刮越大,同学们一看情形不对,连招呼也来不及打,便撒丫子往家跑。

　　池文波跑着跑着,猛地想起教室里的窗还有好几扇没关,如不及时关上的话,风一大起来一定会被刮破。想到此,池文波停下来,调头朝学校跑去。

　　这天正好是池文波值日,身上有教室的钥匙。他跑回教室,将窗全关好,便又赶紧顶着大风往家跑。为了抄近路,他走上了一条小巷。路灯发出昏黄的光,在狂风的吹打下,更显得灰蒙蒙的。可他顾不了那么多，背着书包在小巷里深一脚、浅一脚地奔跑着，连前面走来两个人也没在意。

就在他们擦身而过时，那两个人忽地伸手将池文波抓住，未等他张口呼救，就用一块手巾把他的嘴巴和鼻子给捂住了。池文波随即就闻到手巾上一股很特别的香味，然后人就晕乎乎的什么都不知道了……

过了好一会儿，池文波才清醒过来，他睁开眼睛一看，自己正躺在一间简陋不堪的房间里，屋里另外还有一高一矮两个年轻人。

那两个年轻人见池文波醒了，便一起走上来。矮个子冷不防"刷"地掏出匕首按在池文波脸上，狞笑着说："小朋友，如果你不想尝尝被刺的滋味，你就要听大爷的话，知道吗?"

池文波脑子"嗡"地一下，他马上意识到自己被歹徒劫持了。怎么办? 这地方连名字都叫不上来，如果和他们硬顶死拼，自己人单力弱，肯定会吃亏的，于是他眼睛一眨，便装作十分害怕的样子，缩成一团，连连点头。

那两人让池文波背上书包，一左一右抓住池文波的手，出门拦了辆"的士"，向火车站驶去。在车站，那高个子买了三张去广州的车票，随后三人便上了火车。

现在临近春运，车站里人如潮涌，执勤的警察也特多，但池文波还是很顺从地让他们挟持着上了火车。他知道，自己如果在火车站大叫起来，势必会引来旁人的注意，乃至招来警察，但这样一来，那两个歹徒肯定狗急跳墙先伤害自己，如果警察和他们打起来，车站里这么多人，一定会伤及别人，而且人多混乱，他们很容易溜走。他想，自己必须等，等到一个既能保护自己、又能彻底擒住歹徒的机会。

上了火车，池文波坐在靠窗的座位，矮个青年紧靠着他坐下，高个子则坐在了他的对面。火车慢慢地开动了，嘈杂的声音渐渐平息下来,池文波从书包里拿出作业做起来,火车在黑暗中向前飞驰,池文波心猿意马,他在苦苦思索着脱身擒贼之计。

忽然前方骚动起来,池文波定睛一看,原来是列车长带着几个乘警挨个查票来了,池文波不禁一阵暗喜。他瞟了矮个子一眼,发现矮个子神色紧张,还从座位下伸脚过去,轻轻地碰了碰高个子的脚;现在虽是冬天,那高个子却不动声色地将外套的拉链拉开。

列车长和乘警们越来越近,池文波也不由得紧张起来,手中的笔"啪"地掉在了地上。他赶紧弯腰拾笔,无意中却发现坐在对面的高个子腰上别着一支手枪。他不禁倒吸了一口凉气,重新坐好,暗自庆幸自己没有声张,否则的话,后果真不堪设想。

列车长终于检查到他们这一排来了。

列车长喊道:"请大家把票拿在手上,查票了。"

矮个子将三张车票递给列车长,列车长看了一看票,然后将票还给矮个子,见没什么异常情况,又忙着检查前面的乘客去了。

望着列车长和乘警们远去的背影,池文波心里一阵酸涩,很不是滋味,但他却只能独自忍受着。

列车终于在漫长的行程中驶进了初夜的广州车站,那两个歹徒一左一右依然挟持着池文波出了车站,走进一家不起眼的旅馆。

他们三人在二楼最靠边的屋里住下后,矮个子便对高个子说:"喂,你先看着这小孩,我出去买点东西就回来。"

一会儿,矮个子回来了,不过他手里多了四本杂志。

高个子在一旁笑他:"你跟我一样,斗大的字不识一箩筐,买这些玩意儿干啥?"

矮个子道:"这你就不懂了,明早咱们还要赶长途,咱们没事可以装着看书,免得东张西望惹人怀疑。"说着,他分出两本杂志,朝那高个子扔去。

高个子伸手接过道:"还是你小子鬼点子多。"

正所谓说者无意,听者有心。两歹徒没想到,他们之间的一番对答,无意中却启发了池文波,在这一瞬间,一个绝妙而大胆的想法掠过他的脑际。

池文波不动声色地从书包里取出一本初级英语,随手翻到一页,不高不低地念道:"SOS,SOS,SOS……"

高个子在一旁不耐烦地叫道:"你在那里说什么鬼话?"

池文波道:"这是英语的几个基本发音,老师说经常念可以把英语读得又快又好。"说完,池文波又不急不慢地念了起来。

矮个子在一旁道:"小家伙,不要念了,快睡觉,明早咱们还要赶路呢。"

池文波这时放下书来,愁眉苦脸地说:"叔叔,我饿。"

矮个子还没吱声,高个子也在一旁道:"这小子不说我还不饿呢,火车上卖的盒饭吃着真不是滋味,咱们是不是出去随便吃点东西?"

于是三个人出了门,找了个僻静的小摊,叫老板煮了三碗牛肉拉面。

面在锅里煮着,池文波的眼睛却滴溜溜乱转,因为只有他自己知道,出来吃面是假,找机会求救是真。

一会儿,面就煮好端了上来,那两个歹徒接过碗便狼吞虎咽起来。池文波却心不在焉,慢慢细嚼着,尽量拖长时间。他看到离这摊不远处还有几个小摊,人也挺多的,可自己根本就没机会过去。

那两个歹徒连汤都喝见底了,可池文波碗里却还有一大半没动。高个子恶狠狠道:"要吃就动作快点,不吃就拉倒,磨蹭个啥?"

池文波点点头,埋头吃起面来。面越吃越少,池文波的心却越来越重,心也逐渐冷了起来,他几乎忍不住就要大喊着冲到那边人多的小摊上去。

就在这时,一辆两轮摩托"吱"的一声停在了池文波的身后,车主冲着卖面的喊道:"老板,赶快给我煮一碗拉面,我还有急事。"

说完,此人就下了车,一屁股坐在池文波对面。池文波抬头一看,心中不禁一阵狂喜:那人竟是一位带着巡警袖章的警察!也许是这位巡警有急事,见这摊位人少,便到这边来吃了。

池文波强压心中的狂喜,先用脚轻轻地碰了碰对面那巡警的脚,然后放下筷子自言自语道:"SOS,SOS,SOS……"说话时头却扭过一边,他怕引起歹徒的怀疑。

矮个子很快就将钱付好了,装作一副亲亲热热的样子,拉着池文波的手走了,但那位巡警却依旧坐在那儿等拉面,一点救人的意思都没有。

池文波边走边将声音提高八度,念道:"SOS,SOS,SOS……"池文波没敢回头望那巡警,但他竖起耳朵,很希望听到救兵的脚步声,可是,身后除了越来越弱的嘈杂声,根本就没人过来。

此时,池文波真想挣脱那矮个子铁钳般的手,一边高声呼救,一边狂奔到巡警身边,可是他又强压住了这个念头,他知道歹徒们身上有枪,万一发生冲突,只会伤及更多的人……

池文波被那两人夹着回到旅馆,躺在了床上,久久不能入睡,他心里一直都在咒骂着那个笨警察。怪不得一些报纸、电视老揭露一些混混儿混进警察队伍呢,说他们是"穿着料子、挺着肚子、拖着调子、画着圈子",看来没错,今晚自己碰上的这个巡警就是一个"蹩火药",连SOS都听不懂,什么素质!

想着想着,他头一歪,不知几时就睡着了。

正在酣睡之时,忽地有人一把将他从睡梦中强拉了起来:"还睡什么,快收拾,我们要走了。"

池文波睁开睡眼望了望那两个歹徒,起床收拾好,又被他们挟持着来到旅馆门口的接待室结账。

结完账,三人刚想走,却被清理房间的服务员喊住了:"你们去看看,屋里那个包是不是你们掉的?"

矮个子望望高个子,高个子很惊讶:"我们没掉什么包呀?"

服务员说:"可昨晚只有你们住那个房间,那个包不是你们的又会是谁的呢?"

高个子正在迟疑,服务员又道:"你们还是先去个人看看吧,包要是你们的,你们就拿走;要不是你们的,我就要交到值班室去了。我们有规定的,客人在时,服务员绝对不能去碰客人的东西,你们还没走,我也不敢去动那个包,所以你们最好还是去看看的好。"

矮个子见状,便不耐烦地对高个子说:"你先跟他去看看,快去快回。"

高个子随着服务员上楼看包去了,矮个子紧紧拉着池文波的手在门口等着,可等了好一会儿,也不见高个子下来,矮个子不禁有点紧张起来。

这时,只见那服务员又从楼上跑下来,对矮个子道:"这位兄弟,那位高个子兄弟喊你上去一下。"

矮个子问:"出什么事了?"

服务员笑道:"这我也不知道,那位兄弟看完包里的东西后,就叫我下来把你叫上去。"

矮个子只好拉着池文波,嘴里骂骂咧咧地向楼上走去。

矮个子走到门口,刚一推门进去,忽地从两旁冲出两个人来,一左一右将矮个子左右手的关节死死锁住,随即又有一支手枪抵住他的脑门。几乎就在同时,又有一人从身后猛地一把将池文波抱了过去,屋里的人三下五除二便将矮个子反锁上了手铐,腰上的手枪也随即给下掉了。

过了片刻,那高个子也被人押着从隔壁的房间过来了。

池文波直愣愣地站在那里,这变化来得实在太快,他甚至有些不相信自己的眼睛。

这时,忽听得耳边有人在轻轻地念道:"SOS,SOS……"池文波回过头去,脸"腾"地红了起来,原来抱着自己的正是昨晚在小摊上吃面时碰上的那个巡警。

这时,有人过来对那巡警和池文波道:"这下你们可立大功了,这两个人正是河阳县政府悬赏捉拿的罪犯,他们杀了两位企业保卫干部,抢走他们的枪和办公室的钱后畏罪潜逃,后来又干起了人贩子勾当,屡屡犯案,民愤极大。这次他们万万没想到,竟会栽在了这个小朋友手上。"

池文波红着脸对那巡警道:"对不起,我见你没有马上来救我,昨晚我一直都在心里骂你呢。"

那巡警故意板着脸道:"怎么,把我们警察看得这么不中用,连 SOS 这个国际通用的求救信号都听不明白?"

池文波不好意思起来。

那巡警笑着说:"其实,真正不中用的是这些外强中干的歹徒,只要我们机智勇敢,任凭他们浑身都是翅膀,也逃不出人民的天罗地网!"

(陈启垠)

(**题图:**黄鑫德)

走出黄土峡谷

那天,松花江发大水,城里、乡下的人都忙着往大堤上运沙袋,加固堤坝。

黄昏,五星中学初一学生江小周放学路过松花江堤下,见一辆小拖拉机旁站着两个人,其中一个朝他喊:"小伙子,过来帮助撑袋子,装满好运上去!"江小周听那人喊他"小伙子",很高兴,觉得自己是大人了,理该像大人一样出力,就走了过去。

可是他刚弯下腰,原本装沙的袋子立刻蒙住了他的头,随后,那两个人把江小周弄到了拖拉机上,拖拉机立刻就开走了,一路上,他们还硬给江小周灌掺了安眠药的矿泉水。也不知走了多少路,一直到第二天傍晚,拖拉机开到一座关过牲口的土窑旁停下,这两个男人把江小周推进了土窑,"咣当"关上了门……

不知过了多少时候，江小周渐渐醒了过来，土窑里黑咕隆咚的，什么都看不见，他伸出手在地上摸着，很快摸到了一双光脚，他吓了个半死："谁?"江小周壮着胆，顺着脚再往上摸，摸到了不大的小手、胳膊，江小周明白，那人和自己一样，也是个孩子。可他咋不动弹，该不是个死人吧？想到这里，江小周吓得"啊"地大叫一声……

土窑的不远处有人大声喝问："谁在喊?"

看守土窑的一个汉子答道："那个大傻。新弄来的这个这会儿药还没过劲，还没醒过来呢!""别大意! 新弄来的这货不错，过了黄河，弄到内蒙，最起码能卖四千元,哈哈……"

听着他俩的话，江小周明白了：自己落到了人贩子的手里，明天很可能会被药昏后卖到很远的地方。江小周不由靠着土墙哭了起来，哭着，想着，他心中一动，刚才人贩子说的"黄河"、"内蒙"引起了他的注意，他地理学得很好，感觉到自己现在所处的位置好像是黄河"几"字弯上某个省的北部，因为只有在这个省北部的位置，过了黄河才会到内蒙，那地方的人才住这样的土窑，这样的土窑，这墙肯定不会太牢固。

这时，那个被叫做"大傻"的男孩从地上爬起来，走到墙脚边，一会儿就响起了"哗啦啦"的滴水声，原来大傻在往尿桶里撒尿，江小周心头一亮，等大傻躺下后，他爬过去，用手动了动尿桶，桶很沉，那尿至少有两三天没倒，他费了很大的劲才把尿桶搬到了墙根下，脱下袜子，在袜筒子里灌满了尿，然后又把尿浇到了墙上，他灌了浇，浇了灌，土墙已经吸了很多尿了，接着他就退下裤带，用裤带上的金属扣子挖渗透了尿液的土墙，一个小时后，墙上出现了盘子大小的一个浅坑。手磨破了，血流了出来，可他还不停地挖着……

突然，门开了，两个人贩子走了进来，一个说："这城里的孩子忒不经折腾，不就是打几下么，大傻怎么就吓傻了，卖都没人要，白搭了伙食……"另一个说："那就扔呗，卖不了就扔!"

江小周马上装作昏迷的样子趴在地上，那两人就揪起了大傻，一人一条胳膊，把他拖出了土窑，门随即"咣当"关上。一会儿，远处传来了他凄凉的喊声："啊……"江小周吓得直哆嗦：大傻这不是被扔了吗? 他还能活吗?

外面平静以后，江小周又开始挖了起来，好长时间后，他把周身的力气都用到了脚上，奋力一踹，"哗"墙上塌下了一块土，嗨，一颗星星跳了进来，江小周高兴地把双肩在墙洞口比划了一下：体育老师说过，男孩子的肩和臀差不多宽，肩能出去，屁股就能出去。他就把双臂先送出去，撑住洞口，然后紧缩身子，使劲一拱，后腰和屁股果然"嗖"地滑出了墙洞，他终于像脱兔一般逃出了土窑!

江小周跑了一夜，天亮时爬进了一条极深的黄土沟，沟壁犬牙交错，热浪炙人，他怕遇上人贩子，便在黄土沟里走了一天。太阳下山时，仍然没有找到出沟的路，肚子饿得咕咕叫，吃饭成了大问题，这里正在退耕还林，山里的住户都搬到了山外，新种的树种、草种还没发芽，满眼焦黄，就是草和树叶也没得吃。

就在这时，江小周看到前面有个东西在蠕动，他忍着饥饿跑过去一看，只见一张很大的尼龙网罩住了一个人，那人竟然正是大傻! 原来昨晚大傻被人贩子扔在山崖上，他没被狼吃掉，清晨醒来，就跑下了山崖，也来到了这条黄土沟。他饿得走不动了，突然看见一块干肉，便不顾一切地扑了上去，可是地上猛然弹起一张尼龙网把他罩住，手指也被夹在一个铁夹子上，他顿时惨叫一声，无法动弹……

江小周明白.这是山里猎人搬家前忘了收的捕鹰网子，他上去扯去了罩在大傻身上的网，又找到了一根大铁钉，凿开铁夹子，救下了大傻。

第三天晌午，两个孩子已经饿得站不起来了，只好顺着沟底爬。爬啊爬,崖坡下露出了一点绿色,江小周爬过去,一看是一片藤蔓,他扯起就往嘴里塞,藤蔓拽出一个白蛋蛋,土豆!江小周挖出土豆,他和大傻就狼吞虎咽地吃。吃完了,他从背心上撕下一块布,掏出了口袋里的笔,在上面写道:我叫江小周,家住长春市小河子胡同甲3号。然后就把布埋到了土豆秧下。他幻想着万一自己无法逃离这黄土峡谷,也会有人给家里报个信。

江小周给大傻身上装了些土豆,自己也装了一些,向东又走了半天,忽然听到头顶上"啾啾"地叫,接着又有沙土劈头盖脸掉下来,只见一个黑影"刷"地从头顶斜擦过去,"鹰!"江小周刚叫出声,就有东西掉到了脸上,抓起来一看,是自己埋在土豆地里的那块白布,再一看,布上除了江小周写的字外,又多了一行:"跟着鹰走",落款是"土豆地主人"。江小周高兴得叫了起来:"有人知道我们了!"于是他就带着大傻,仰头盯着天空中鹰的影子,连滚带爬地跑。

跑着跑着,不知怎的,又跑到了原先那块土豆地旁,那鹰缓缓落下,鹰落脚的地方却有一把铁锹插在地上,地上用泥块压着一张纸条,上面写了一行字:再多挖些土豆,我告诉你们怎样走出这险恶的黄土大峡谷。

江小周十分惊奇,他不知道这个"土豆地主人"是谁。此刻,只要不是人贩子,谁的话他都会听,于是他就和大傻一起挖起了土豆。奇怪的是,当他俩又挖了一会儿,不知什么时候,一个土布口袋神不知、鬼不觉地出现在他们身后,口袋旁又用泥块压了一张纸条,上面写着:把袋子装满,背上土豆,看着树梢上的布条走。

江小周看完纸条,抬起头来,只见荒漠远方的一棵枯柳上闪着一点红色,正随风飘呀飘的,江小周装满土豆,扛上袋子,拉着大傻就跑。跑到那棵枯柳跟前,树上那点红色果然是一根红布条,再一看,前方一百米远的枯死的沙棘上,又有一根蓝色的布条在飘呀飘的……

就这样，江小周和大傻跟着系在树梢上的那些布条，又走了三天，这时，口袋里的土豆也快吃完了，当他们把口袋翻过来、拿出最后一个土豆充饥时，发现口袋的里子上写满了密密麻麻的字：

我叫王为，二十年前，也就是我十岁时，被人贩子拐卖到了这一带，因逃跑被打坏了骨盆，残疾后卖不出去，被他们残忍地扔进了这黄土大峡谷里。一个好心的捕鹰人救了我，给了我一些土豆和一只雏鹰。我没把土豆全吃光，分出芽瓣种起来，一个芽瓣生一窝土豆。我靠手撑地走路，爬着一年一年种下去，慢慢地有了几块土豆地。我等待着，等待着有一天，有人会来挖我的土豆。除了种土豆，我还做了一件事：教会鹞鹰用嘴和爪子系布条……二十年里，我终于看到了今天，有两个被人贩子拐卖的孩子，看着布条走出了这荒无人烟的黄土大峡谷，这是你们和我，咱们三人对人贩子的挑战……

江小周读着，眼泪直淌，他把口袋递到大傻眼前，让他看，可这个城里的孩子已经被折磨得连学过的字都不认识了！

江小周擦干眼泪，一手拉着大傻，跟跟跄跄地往前跑，不一会儿，他俩看到了一片葵花地，便一头钻了进去。快半夜时，江小周听到有人说话的声音，循着这声音钻出葵花地，看见了一条横在山里的白亮的带子，那是公路！他们终于看到了黄土大峡谷的尽头。

江小周拉着身边这个患难与共的伙伴奔上了公路，迎着远远开来的一辆汽车，"扑通"一声跪倒在路中央，头上顶着那个写满了字的土豆袋子……

（古京雨）

（题图：杨宏富）

别招惹母亲

张燕是一家百货超市的营业员，这天加完班回到家，屋里黑灯瞎火的，她愣了一下，才想起这会儿丈夫带女儿去医院看眼睛了。

可等开亮了灯，她不禁惊得目瞪口呆：房间里衣服撒得满地都是，所有的橱柜门都大开着。不好，家里遭劫了！

张燕的第一个反应就是冲进卧室，奔到床边，伸手往床垫下摸。谢天谢地，银行卡还在！可就在这时，她身后突然响起一个声音："嘿嘿，藏得好啊！"她回头一看，不知从哪里闪出一个彪形大汉，手里握着一柄寒光闪闪的尖刀，正对准着她。

张燕吓得脸色煞白，浑身直哆嗦："你……你想干什么？"

大汉凶相毕露："干什么？抢劫！要命的话，把你手里的卡给我。"

张燕又害怕又着急:"求求你,我女儿病了,这是给我女儿看病的钱……"张燕的女儿今年只有十八岁,却不幸染上恶性眼疾,这种病发展到最后就是眼睛完全失明,医生说唯一的希望就是做眼球移植手术。想到女儿这病,张燕的心一阵抽搐。

可是歹徒才不管你儿病不病呢,他要的是钱!

歹徒挥着手里的尖刀逼上来:"快,把卡交出来,我现在还不想杀人。"

没办法,张燕只好把银行卡丢给歹徒。

歹徒将卡塞进口袋,继续用尖刀逼着张燕:"密码? 快说密码! 别耍我。你要敢用假密码骗我,就当心你女儿的命!"

歹徒用女儿的命来威胁张燕,就在这一瞬间,张燕突然打定主意:无论如何,一定要想办法把这个家伙捉住,绝对不许他威胁女儿的性命。

决心一下,张燕反而镇定下来。她装出一副吓坏了的样子,说:"密码……我……我记不起来了。"

歹徒有点急,提醒她说:"你好好想想,会不会记在什么地方?"

张燕盯着歹徒手里的尖刀,抖抖索索地说:"让我想想。你能不能……离我远点儿? 我害怕。"

大概是歹徒觉得眼前这个弱不禁风的女人对他构不成什么威胁,于是就向后退了两步。

张燕说:"我可能……可能是记在一个小本子上了,我找找看。"

歹徒显得很不耐烦,喊道:"废话少说,你给我快点找。"

张燕走到梳妆台前,拉开一只小抽屉,里面是一些化妆用品,还有一个小本子,她打开小本子,一页一页翻看着,可能是卧室里的灯光太暗,张燕吃力地把小本子一直举到眼前,几乎都快贴到脸上了。"看不清楚,我能不能插上台灯?"张燕问歹徒。

歹徒点点头。

张燕心中不由一阵狂喜:有门儿了。她不动声色地把台灯的插头插到墙上的电源插口上。只见火光一闪,"啪"整个屋子顿时陷入一团漆黑之中。原来是保险丝烧断了,这只短路没来得及修理的台灯,此刻为张燕立了大功。

"怎么回事?"歹徒被这意外的变故吓了一跳,屋子里现在黑得伸手不见五指,歹徒警告张燕说,"要命的话,你就别乱来。"

就在这时,突然"嘟嘟嘟"电话响起来,三声急促而连贯的拨号声之后,出来一个甜润的声音:"你好,这里是 110 报警中心……"

"什么,你敢报警?"歹徒发疯般的狂吼着冲过来,他摸到电话机,赶紧扯断了电话线,然后挥着手里的刀就要杀张燕。没想刀子没有扎到张燕身上,他自己却被房间里的凳子绊了一下,"扑通"一声跌倒在地。歹徒又气又急,狂躁地从地上爬起来,意识到这么耗下去,形势将对他越来越不利,反正今天也拿不到什么东西了,算自己倒霉。歹徒决定趁警察没来之前赶紧走人。

可是他刚转身,就突然又被迎面而来的一股子气雾喷了个满眼,原来是张燕在用杀虫剂对付他,"啊"他痛得惨叫一声,一面拼命用手揉眼睛,一面混混沌沌地就想摸到房门口去。他决定赶快离开这个鬼地方,哼,君子报仇,十年不晚,今天算你这个女人狠!

就在这时,只听"吱"房门轻轻响了一声。这女人出去了?歹徒赶紧循声朝房门口摸过去,他记得外面客厅的门直通院子,只要到了院子里,一切就好办了。

歹徒赶紧在黑暗中摸呀摸,谁想摸过茶几的时候,他的手碰到了一只打火机。嘿呀,歹徒心中一阵狂喜:真是天助我呀!他"嚓"一声打着火,将打火机高举起来四处张望。他看到张燕其实并没有出去,就站在不远处对他怒目而视,手里拿着暖水瓶。

我的妈呀！歹徒赶紧摁灭打火机躲避,可是已经晚了,"呼"的一下张燕手里的暖水瓶已经向歹徒飞过来。只听"砰"一声,歹徒手里的尖刀应声落地,又被张燕飞起一脚,踢到了三丈开外。

这下歹徒不服也得服了,颤声哀求道:"大姐,卡我还给你,你就高抬贵手放我走吧?"

张燕说:"那好,你往前走三步,再往左走两步,那里是个电视柜,你把卡放那上面去。"

歹徒只好顺从。

然后张燕又命令他:"原路退回。"

歹徒又不得不照办,不料却一脚踩进一个套索里;套索立即猛地收紧,歹徒重重栽倒在了地上。

歹徒挣扎着要去解套索,张燕一声断喝:"不准动,我还有一壶开水呢！乖乖躺着吧,否则就把你脑袋烫成熟鸡蛋！"

歹徒的一举一动都被张燕看得一清二楚,可张燕躲在哪个角落里歹徒却不得而知,歹徒彻底绝望了,这实在是一场实力悬殊得没有悬念的较量啊！

此刻,街上响起了尖厉的警笛声,由远而近,在门口停住了。

歹徒当然明白自己此刻的境遇。他心有余悸地问张燕:"大姐,你得让我死个明白。你怎么能在黑暗中把我看得这么清楚?你有特异功能啊?"

张燕冷冷一笑,回答说:"你错了,我没有什么特异功能。不过我可以告诉你,我自从女儿眼病确诊的那一天起,就准备好了把自己的眼球移植给她,所以也就是从那一天开始,我就一直训练自己在黑暗中生活。现在看来,我的训练成绩还不错！"

直到被押上警车,歹徒才醒悟过来:你可以欺凌一个女人,但千万不能招惹一个母亲！

（付秀玲　供稿）

（题图:安玉民）

乖乖的鸭子

　　下午放学后，初中生小莉到村东放鸭子，那里有一条废弃多年、坑坑洼洼的土路，土路两旁的水沟里有许多鸭子爱吃的草虫。

　　小莉来到土路上，这时，她看到前面不远处有一辆农用车陷在土坑里，司机一个劲儿地轰油门，还有个大光头在车后撅着屁股推，可那车还是挪动不了。小莉是个热心肠，便想跑过去帮忙，不过她心里却在寻思：这条路上早就没车辆来往了，这农用车怎么还会"误入歧途"呢？

　　走近后，小莉认出原来这辆农用车是煤矿的，小莉的学校就在煤矿附近，平时上学、放学路上经常能见到这辆车。小莉跑到农用车后面，一边嘴里说着："叔叔，我来帮你们。"一边伸手就要推。

谁知那个撅着屁股正在推车的大光头立刻呵斥起来："滚远点儿！谁要你多管闲事？"

小莉一怔：我好心好意来帮忙，难道帮错了？她尴尬地正要转身离开，无意间往车厢里扫一眼，却立刻惊呆了。原来那车厢里装的东西用塑料布裹着，可是没裹紧，一阵风吹过，塑料布掀起一个角，竟然露出几只沾着煤屑的光脚来！

天哪，这农用车怎么拉的竟是死尸啊！小莉惊出一身冷汗，她急匆匆地赶紧赶着鸭群回村，一路上，心里涌起一串问号：大光头他们是干什么的？听说煤矿最近发生了矿难，农用车上装的会不会就是遇难矿工？如果真是遇难矿工，他们怎么不把尸体运到火葬场去？

这时，天都快要黑了，小莉正紧张地往村里赶，突然看到村主任拿着一把铁锹急匆匆迎面走来，便立即把刚才看到的秘密告诉他。

村主任听了眉头一皱，说："你先回家，我马上过去看看。"分手时，他再三叮嘱小莉："这事儿千万不要告诉任何人，以免打草惊蛇。"

小莉点点头，似乎觉得松了一口气。

可谁知她到家后还没把鸭子赶进圈，村主任就气喘吁吁地来了，说那车上拉的果真是死难的矿工。村主任说："情况不好，那大光头和司机肯定就是矿主手下的打手，俩家伙一旦意识到你发现了他们的秘密，说不定就会狗急跳墙，晚上到你家来杀人灭口。"

小莉被村主任这么一说，心头一颤，吓得浑身直起鸡皮疙瘩：正好这几天父母都不在，只有她一个人看家。怎么办？小莉一时慌得六神无主！

村主任给小莉出了个主意，教她把房门从外面锁上，不要开灯,也不要生火做饭,造成家中无人的假象。他拿出一把大铁锁,对小莉说:"你家的锁小,容易被砸开,我用这把锁帮你把门锁上,明天早上来替你打开,这样保险。"至于晚饭,村主任说他让自己老婆多做点,待会儿他会从门缝里塞给小莉的。

这一带农家屋,房门都是对开的木门,只要将锁着的门一推,中间就会张开很大的缝隙,递个饭什么的绝对没问题。小莉见有村主任替自己撑腰,顿时觉得有了主心骨,当即就让村主任用大铁锁将自己反锁在屋里。

半个小时后,村主任果然摸着黑来了,他把饭菜从门缝里递给小莉,关切地说:"你赶快把饭吃了,然后就上床睡觉。"

自打吃了午饭后,下午上学,放学后放鸭,小莉早饿了,所以待村主任一走,她端起碗来摸着黑就是一阵狼吞虎咽。就在快要吃完的时候,她突然感到这饭菜的味道有些怪,她不放心,放下碗筷,摸到打火机,打着火,就着火苗一看,顿时惊得头发都竖起来了:村主任送来给她吃的这菜,竟然是用断肠草做的。

断肠草,学名"钩吻",又叫胡蔓藤、山砒霜,生于山坡草丛或灌木丛中,有剧毒。据《本草纲目》介绍,人误食断肠草就会致死。小莉在山区长大,知道断肠草的厉害,如果食用得多,五大三粗的一条汉子,半个小时就没命了。

小莉心里非常不解:村主任为什么要用断肠草做菜给我吃?难道他想害死我?她把事情前前后后联系起来一想,心里不禁一亮:大光头和司机肯定是在干销尸灭迹的勾当,村主任和他们是一伙的,是想杀我灭口啊!

事实正是如此:矿难发生后,私营矿主为了逃避制裁,残忍地想把几名外地遇难矿工毁尸灭迹;村主任自己出资在村西开了个小铸造厂,而这帮家伙毁尸灭迹的工具,竟就是那个小铸造厂里的化铁炉。今天下午,装运尸体的农用车陷在泥坑里,村主任原本是要带工具去帮忙的,但知道小莉发现了他们的秘密后,就起了杀人灭口的歹念,试图制造一个小莉误食断肠草身亡的假象……

小莉意识到自己中了村主任的圈套,她决心在毒性发作之前自救。她的第一个念头是逃出家门去向邻居求助,可村主任用大铁锁把她锁在家里,她自己开不了门哪!小莉的第二个念头是想隔着门缝呼救,可也不行,她家离村主任家最近,最先听到声音的肯定是村主任,那样自己会死得更快。怎么办?怎么办?小莉急得手足无措,一下瘫坐在地上……

第二天一早,村主任第一个来到小莉家,一看,小莉倒在院子里一动不动。他心里不由一阵窃喜,装模作样地大呼小叫起来:"不得了啦,出人命啦!"

四周邻居闻讯,立刻赶了过来。有人要冲进去把小莉送医院,村主任把大家拦在门外,说:"来不及了,现在最重要的是要保护好现场。我马上打电话报警。"

警察很快就赶到了,破门而入。就在这时,小莉突然一骨碌爬了起来,冲上去一把揪住村主任,说:"警察叔叔,他就是想杀我灭口的坏蛋!"

警察惊得目瞪口呆。

村主任更是魂飞魄散:"这……这该不是惊尸吧?"

小莉误食了那么多断肠草,为什么没有死?原来,小莉爸爸曾经告诉过小莉一个方子:如果误食了断肠草,在毒性还没有发作之前马上服用新鲜鸭血,就能排毒解危。昨晚小莉在呼救无门的情况下,突然想到了爸爸说过的话,于是赶紧将自己养的鸭子唤来,抓了一只忍痛杀掉……

(尹全生)

(题图:安玉民)

出 其 不 意

天才的人物,经常必须是从没有
节制之中去夺取节制。

谁救了小姐

北宋仁宗年间，青州人杨遇春因做了多年的"漕运"，慢慢地就富甲一方了，家中田产无数，丫环仆役上百，内中一个叫庞勇的小伙计，因头脑灵活，办事干练，被杨遇春收为贴身小厮。

三月初三那天早上，杨遇春本想带着全家去清虚观烧香还愿，夫人早已收拾停当，却仍不见小姐下来。

杨遇春吩咐内人道："夫人去看看，小姐为何未起？"

话音未落，小姐的一个粗使丫环跌跌撞撞扑进门来："老爷，不好了，庞勇进了小姐绣房……"

杨遇春听了又惊又怒，大声呵斥："胡说！"

丫环哭道："奴婢不敢……奴婢同秋香姐去给小姐送水，刚推门，秋香就被庞勇扯了进去，小姐被五花大绑，躺在床上……"

　　夫人听了这话犹如五雷轰顶，当即昏死过去，那些丫环、婆娘连忙上前灌水打扇，折腾了足足半盏茶工夫，夫人方才醒转过来。

　　杨遇春毕竟行走江湖多年，遇事沉得住气，他目送夫人进了内室后，这才唤来一个管家婆子，低声吩咐道："小姐名声要紧，若有人走漏半点风声，干系全在你身上！"

　　那婆子答应一声，刚要出去，杨遇春又说："回来，派人告诉门房，就说内室昨夜被盗，夫人疑是几个老嬷嬷所为，所以这几天不得放一个人外出！"

　　吩咐妥当，杨遇春才回书房，并唤来儿子杨步，父子俩商量一番，随后就各揣利刃，悄悄摸上楼去。

　　不料庞勇早已将门窗反锁，不留丝毫破绽，杨家父子本想破门而入，又怕小姐先为庞勇所害，只得在门外强装笑脸，好言相求。无奈庞勇在里面就是一言不发，寸步不让，杨家父子面面相觑，一时束手无策。

　　原来庞勇虽然出身下贱，却心比天高，自从被杨遇春收为贴身小厮后，自以为有了身价，竟然把目光瞄到了小姐身上，其实这杨家小姐相貌倒是一般，只是杨家那万贯家财馋人！可惜流水有意、落花无情，庞勇虽然试探了几次，但得到的只是小姐的耻笑，庞勇贪财心切，不由心急如焚。

　　俗话说：利令智昏。庞勇以为只要先把生米做成熟饭，那杨家人碍于脸面，就不能奈何自己了，倘若日后再生下个一男半女，那自己就是名正言顺的姑爷了，杨家的万贯家财自然少不了自己一份。这么一想，他贼胆顿起，于是就偷偷蹿上绣楼，干起了绑架小姐的勾当。

　　杨遇春回至内室，呆呆地坐了好久。

　　夫人躺在床上，流着泪说："世上哪有不透风的墙？就算女儿侥幸得救，也无人再聘，不如顺水推舟，成全了那畜生吧！"

杨遇春见夫人满面泪痕,不便发作,沉吟半晌方才说道:"我女儿虽不是金枝玉叶,却也是堂堂的大家闺秀,岂能与这等下贱贼子同床共枕厮守一生?我宁可让她守活寡,也决不让那贼人奸计得逞!"

夫人只得低声附和:"那就依老爷吧。只是,不知如何才能救女儿出得火坑?"说到这里,又哭了起来。

杨遇春说:"事已至此,也只好去求助官场上的朋友了。"说罢,就带了上等礼品和名帖,去见青州陈知府。

陈知府和杨遇春私交很好,听说杨遇春来访,连忙出迎,并邀请到书房摆下酒宴款待。

三杯酒下肚,杨遇春方才说了来意。

陈知府一听,说:"这个容易,愚弟即刻点几个好身手的军健,沿墙架梯摸上楼去,乱刀砍死便是了。"

杨遇春:"不不不,投鼠忌器,小女也在里面,我是怕万一有什么闪失呀!"

陈知府想了想,又说:"愚弟手下有几个善射之人,只需多带几副强弓硬弩,远远地藏了,兄台自去窗前诱那厮说话,相机射杀也未尝不可。当然,事成之后,兄台须破费些银两,把他们远远地打发了,这样一则可救小姐于水火,二来也保全了小姐的名声。"

杨遇春心想:此计倒也可行。

他正待答应,一旁的师爷却摇摇手说:"这个办法只有两成胜算。你想,庞勇既能做出这等勾当,绝非平常之辈,他必定不肯轻易开窗相见。"师爷说,这事看来一时着急不得,容他好好想想,从长计议。师爷让杨遇春暂且回家。

不料就在当天晚上,祸事又来了:一伙蒙面强盗明火执仗,破门而入,先将杨家三口扑倒在地,接着又拖到后花园。

为首的一个大汉厉声喝问杨遇春:"当家的,银钱藏在何处?

说出来,爷饶你不死!"

杨遇春是条硬汉,不肯答应,只是痛骂。

那大汉火了,抡起马鞭兜头便打,其余的强盗一声呐喊,撬门砸窗,翻箱倒柜。

一个喽罗扯着嗓子朝大汉叫道:"大哥,绣楼给您留着哪!"

那大汉狂笑几声:"好!好!"随即从腰里抽出两把砍刀,杀气腾腾地直奔绣楼而去。

庞勇在绣楼上看得心惊肉跳,不等强盗上楼,自己先开了门,连滚带爬地奔下了楼,跪在地上,口中一迭声地求饶:"好汉饶命!好汉饶命!"

那大汉喝道:"你这厮可是庞勇?"

庞勇一愣,连连点头。

那大汉一把扯去面罩,喝令左右:"给我绑起来!"

杨遇春见此情景,方才明白这些蒙面强盗其实都是陈知府衙门里的差役,不由得暗暗敬佩师爷的精明。

(刘晓东)

(**题图**:黄全昌)

鸟公子

　　鸟公子的大名几乎无人知道,只因他从小酷爱养鸟、赏鸟、逗鸟,总是笼不离身、鸟不离手,因此大家就给他取了这么个绰号。鸟公子聪明伶俐,父亲又溺爱,所以从小除了玩鸟,就是跟着父亲摆弄围棋,颇有点游手好闲的味道。

　　鸟公子十八岁时,父亲亡故,没给鸟公子留下什么家财,只是临咽气时告诉儿子,他有个莫逆好友,叫洪信,在京城开个中药铺,可以去投奔他,学点手艺,安度一生。于是鸟公子在葬了父亲之后,就卖了老家的房子,揣着父亲封缄的书信,带上父亲留下的围棋,提着心爱的鸟笼,一路打听来到京城,找到了洪信。

　　洪信听说故交辞世,唏嘘一番,读了书信后也未言语,就安排鸟公子在自己家里住下了。

转天早饭后,鸟公子看着伙计们在柜上忙活,不知道自己该干些什么,就愣愣地站在那儿等吩咐,可是大家就如同没有看见他一般,鸟公子心里很不是滋味。鸟公子想帮伙计们的忙,可是刚伸出手去,伙计们就慌忙说:"公子,这不是你干的活儿,让我们来吧。"

鸟公子于是便向洪信洪老板提起父亲让他学艺的事情,可洪老板却说:"不忙,不忙。"洪老板叫来儿子洪武,让他带鸟公子先去逛逛京城的大街小巷,于是鸟公子就提着鸟笼,跟着洪武溜达到了街上。

溜达一天也就算了,谁知就从这天起,洪武天天带着鸟公子溜达京城,出入饭馆酒肆,而且每次都是鸟公子抢先结账,洪武也不客气。

这天,洪武带鸟公子来到一个茶楼,里面有很多人在下围棋,鸟公子自然被吸引住了。可是看了一会他就发现,这里实际上是个赌馆,很多人围在一起押胜负,一盘棋下来,银子输赢不下百两。

洪武也兴致勃勃地上场,但他棋艺极差,盘盘皆输,鸟公子自然又替他赔去不少银子。眼看着卖了老家房子换来的银两每天"哗哗"地流出去,鸟公子心痛啊,可他嘴上又不便说什么,所以心里非常郁闷。

一日早晨,洪老板对鸟公子说要去东北进药材,他嘱咐鸟公子再好好玩几天京城,等他从东北回来后就教他学手艺。说完,就出门去了。

鸟公子一时无所事事,吃完早饭,便只得再随洪武上街。谁知要出门时,他却惊讶地发现鸟笼被人打开,心爱的鸟儿不知去向。联想到这些日子下来,自己手头的银两已所剩不多,老板娘和伙计们对自己的脸色似乎都有些木然,每日的饭食好像也越来越粗陋,莫非他们这是要赶自己走?想到这一层,鸟公子不觉伤心欲绝,再也无心出门,一连几天都闷闷不乐,不知道自己接下来到底该怎么办。

转过几天,这天快吃晌午饭的时候,鸟公子突然听到老板娘在伤心地哭泣,心里不由一惊,忙问发生了什么事。老板娘告诉他,洪老板在去东北进药材的路上被土匪绑票了,土匪要洪家五天内拿一万两银子去赎人,不然就撕票。"可老板不在,我们一时哪拿得出这么多银子来? 唉,这药铺,怕是要关了……"老板娘越说越伤心,伙计们一个个也耷拉着脑袋。

不知怎么,鸟公子此刻忽然想起了那个赌棋的茶楼,他悄悄把洪武拉到一边,说:"我来想想办法吧!"

已经呆傻了的洪武惊疑地看着鸟公子,说:"你刚来京城,能有什么办法?"

鸟公子回身去取出他带到京城来的那副父亲留给他的围棋,对洪武说:"你跟我走!"

鸟公子来到茶楼,摆下围棋,摸出十两银子,对众人说:"一盘十两,谁和我下?"

人群中立刻闪出个人,坐在鸟公子对面,两人于是就较量起来。鸟公子看上去似乎胸有成竹,可是不到一炷香工夫,他的一条"大龙"就被对方吃掉了,洪武在一旁直叹气。

一个下午,鸟公子输了整整五十两银子不说,接下来一连三天,鸟公子天天都是输棋,洪武见没了指望,不想陪他了。

到第四天,鸟公子央求半天,洪武才强打起精神陪他去茶楼。

鸟公子对众人说:"今天我押多些,一千两。谁下?"

大家都已经熟悉了鸟公子这点水平,听说他要押一千两银子,不禁哂笑。前几天赢了鸟公子的那几个,抢着要和鸟公子下,鸟公子说:"只要你们亮出银数,谁下都可以。"

有个性急的主掏出张五千两的银票,冷笑着说:"要下就下五盘,怎样?"

鸟公子思忖片刻,点点头。

鸟公子执黑子,布局与前几天并没有大的区别,几手棋后,洪武就认定他今天准又是凶多吉少。可是等洪武再定睛观看时,坐在鸟公子对面那个性急的主,额头上已经渗出了豆大的汗珠,不到两炷香工夫,鸟公子优势尽现。

紧接着下面的四盘棋,鸟公子大开杀戒,棋风咄咄逼人,下得对手目瞪口呆。到最后数子的时候,那性急的主口吐白沫,差点没昏厥过去。

那人被抬下去后,再也无人敢和鸟公子对局。

洪武大喜过望,拿起五千两银票正要和鸟公子离去,人群中忽地站出一位虬髯中年人,拦住了他们去路。

那中年人说:"公子好身手啊!别忙,你和我换个地方,咱们再赌一盘五千两的,如何?"

鸟公子当然点头,再一个五千两,洪老板这一万两赎银不就有了吗?

中年人拉起鸟公子的手向外走,洪武收拾了棋子,尾随着他们,三个人绕来绕去,走了很远,看热闹的人都知趣地散开。

这时候,中年人忽然回过头问鸟公子:"你前几日棋艺一般,今日为何突然出手如此高妙?"

鸟公子叹了口气,说:"实不相瞒,我也是为了救人,无奈之间略施小计。如果前三日不假输几盘,谁会和我赌今天的棋局呢?"

中年人哈哈大笑:"我没有看错人啊!"他一把扯下虬髯,鸟公子定睛一看,不由大惊:此人竟然是洪老板!

跟在后面的洪武也呆了,惊喜地问:"爹,怎么是您啊?"

洪老板找了辆马车,三人回到药铺。奇怪的是,伙计和老板娘看见洪老板,却并不吃惊。

洪老板转身对鸟公子一拱手："恭喜公子啊!"他拿出鸟公子父亲的那封书信,递给鸟公子说:"你看看就明白了。"

原来,洪老板被土匪绑票,竟然是鸟公子父亲生前就设计好的。洪老板说:"令尊是我的救命恩人哪! 这个药铺,是令尊托我经营的,现在,完全可以交给你了!"

鸟公子说:"可我对药材一无所知啊?"

洪老板点点头说:"药材知识,易学易会,我会好好教你,你尽可放心。而经商之道,最重要的是戒贪,贪婪之人,早晚会自断财路,还会引来杀身灾祸。公子你能重义轻利,所以我才敢把掌柜的位子交给你,否则,你就只能在这里做个小伙计了。呵呵!"顿了顿,他又说,"顺便告诉你吧,你的鸟是我故意放走的,我希望公子以后千万不要玩物丧志啊!"

鸟公子听了,感慨地连连点头。

洪老板又回头对满面羞愧的洪武说:"你马上到茶楼去一趟,把五千两银票给那人送回去。不然,为这不义之财,也许真的会大祸临头呢!"

……

十年后,鸟公子经营的中药堂誉满京城,期间几次大灾疫,药堂还无偿给百姓配药。鸟公子的儒雅棋风,也广为流传,当然这是后话,此处不表。

（李子胜）

（题图:黄全昌）

最后的凶手

　　这天，刘大成洽谈完一个大项目，回到办公室，吩咐秘书开红酒庆祝。

　　就在这个时候，电话铃响了，刘大成拿起来一听，是一个陌生人的声音，低沉又含混："刘大成吧？"

　　刘大成漫不经心地应了一声："是啊，什么事？"

　　陌生人说："真是贵人多忘事啊！十年前那个月黑风高的夜晚，你应该还没忘记吧？"

　　刘大成心里一个激灵，感觉自己的神经像是被火烫了一下，十年前的一桩旧事立刻浮现在眼前。

　　别看刘大成现在是个响当当的民营企业家，手里资产有上千万，可十年前他还只是个普通打工者，是一家私人煤矿里的挖煤工。那天，眼看着要过年了，其他工人都陆续拿到工钱回家了，可轮到刘大成去领钱时，矿长黑头却说没钱。听伙夫老秦说，矿上每年总是有人拿不到钱的，刘大成气得不行，那晚在老秦屋里喝了一肚子闷酒后，出来便径直去找矿长黑头。

黑头开了门，见是刘大成，没好气地嚷道："没钱！没钱！"

刘大成满嘴喷着酒气，低声下气地哀求说："你给一半也成。"

可是黑头却猛地把刘大成往屋外一搡："老子就是没钱！"

刘大成踉跄了几步，跌坐在雪地里，只觉得一股酒劲儿直往头上涌。他"腾"地从雪地里跳起来，吼一声："我揍你个王八蛋！"抬起根树棒冲上去，朝黑头当头就是一棒，只见黑头身子一晃，人立刻像截树桩似的轰然倒地。

此刻刘大成的酒意一下全醒了，傻愣愣地看着黑头在地上挣扎两下，不动弹了。

这时，他身后传来老秦的咳嗽声，他猛地反应过来：不好，出人命了！立刻哆嗦着从黑头兜里掏了沓钱，慌忙跑了。

又惊又怕的刘大成本以为警察很快会找到自己，没想东躲西藏地过了个把月，也没见有人来追查。这天，他从一张包卤菜的旧报纸上看到黑头被杀的消息，说西郊某矿矿长黑头被杀死，由于现场没有目击者，也没留下什么线索，给案子的侦破带来很大的难度，云云。刘大成惊喜万分：这么说，老秦没有去报案，警察也没有怀疑自己是杀人凶手！

刘大成一下胆子就大了起来，他用从黑头身上拿的钱做起了生意，一步一步，越来越发达……两年前，他终于有了自己的公司——他的大成公司正式挂牌了！沉浸在成功喜悦中的刘大成几乎忘记了那桩血案，白天忙忙碌碌签约谈判，晚上灯红酒绿尽情享受，要多得意有多得意。

可现在这个电话，把旧事勾了出来，仿佛兜头给刘大成浇了一桶冷水。

"怎么,不会想不起来吧?"大概因为刘大成好一阵没说话,那个陌生人便又开口了,提示刘大成说,"钱多了,应该做点善事,南郊区马沟小学的一百多个孩子,现在还在破庙里上课呢!"

没等刘大成回过神来,对方把电话挂断了。

刘大成颤抖着手,听着电话里"嘟嘟嘟"的忙音,细密的汗珠爬满了额头。

女秘书走进来,被刘大成这个样子吓了一跳,忙问:"刘总,怎么了?"

刘大成摆摆手,搁下电话,抱着脑袋闷坐着想了一会儿,说:"你安排车,我要去南郊。"

就这样,刘大成被"逼上了梁山"!三个月之后,一所由他大成公司捐资的马沟小学新校舍,竣工了。

就在学校竣工的第二天,刘大成又接到了一个神秘电话,电话里依旧是那个低沉含混的声音:"十年前你讨钱是为了回家过年吧?眼下又快过年了,北郊一百多个孤寡老人住的养老院又破又烂,你有能力,为什么不让他们也过个好年呢?"

刘大成一听就跳起来,冲着电话那头喊:"老秦!我知道你是老秦!你别给我装神弄鬼的,我知道是你!"

可是,对方却什么也不说,"咔"把电话挂了。

女秘书惊诧地看着刘大成,刘大成无可奈何地叹了一声,说:"你们去北郊看看那个养老院,马上规划,重修!"

养老院终于很快就翻修一新。可没过几天,电话又来了:"刘大成,十年了……"

刘大成一听到这个低沉含混的声音就心惊肉跳,可他又不敢有丝毫的违背,所以每来一次电话,他就得做一件善事。就这样,在三年多的时间里,在神秘电话的指引下,刘大成不但修建学校和敬老院,还出钱资助贫困学生,帮助重病老人,救助陷入绝境的家庭……

刘大成的善举引起了媒体的注意,纷纷对刘大成的事迹进行报道,称刘大成是"慈善企业家"、"爱心老板",市长还亲自为他颁奖,大家都把他当作学习的榜样。

刘大成的生意越做越大,知名度越来越高,公司资产在很短的时间里就翻了一番,可刘大成却整天战战兢兢的,他心里清楚,有那么一只大手,可以轻而易举地将他的财富和荣耀一下子撸走,甚至连小命也不会给他留下。他晚上总也睡不好觉,不止一次地梦见一长溜警车闪着警灯直向自己包围过来……

刘大成的忍耐到了极限,他决心要摆脱这个神秘电话,要想办法除掉老秦,让自己耳边再不会响起那个让他浑身发抖的电话指令,他要将恐惧连根拔掉。刘大成以五十万元的酬金,雇了一个杀手,要他找到老秦,并且干掉他。

可是半个月后,杀手回来了,他带回的是一个让刘大成感觉更加可怕的消息:老秦在两年前就得癌症死了。

死了? 那打电话的又会是谁呢? 除了老秦,还有谁是当年的目击者?

就在刘大成苦思冥想的时候,神秘电话又来了,还是那个低沉含混的声音:"刘大成,你还记得那个晚上……"

"你是谁? 你究竟要怎么样?"刘大成先是歇斯底里地喊叫,随后变成了哀求,"你要多少钱才可以罢休? 如果你愿意,我可以把我的财产分给你一半! 求你放过我吧……"

那个声音打断了刘大成的话:"人民医院住着一个小男孩,肾衰竭,只要三十万,就可以救他的命。"说完,"啪"电话挂了。

刘大成呆若木鸡地枯坐在椅子上,整整一个通宵,他不敢闭上眼睛,只要一闭上眼睛,他就看到警察拿着手铐向他走来,一声枪响,他拥有的金钱与地位都随着他的魂魄一起烟消云散……没办法,刘大成第二天只好给人民医院那个小男孩送钱去。

过了一段时间之后，那个神秘电话再次响起："刘大成，你……"

这次，没等对方把话说完，刘大成就抢先开了口："我知道，东郊山上的老百姓喝水很困难，我已经把材料准备齐全了，明天就安排人去修水池，将水引上去！"东郊山上老百姓缺水吃的消息，是刘大成前两天看报了解到的，他知道那个神秘的电话早晚会指引他这么做，干脆先把好事做了。

听刘大成这么一说，对方不觉迟疑了一下，然后什么话也没说，"啪"就把电话挂了。

听着话筒里"嘟嘟嘟"的忙音声，刘大成感觉既愤怒又无可奈何。他想来想去觉得自己不能这么"坐以待毙"，既然杀手靠不住，他决定亲自动手，就算是掘地三尺，也要将那人挖出来，不管是老秦，还是老秦的鬼魂。

刘大成找到了老秦住的村子，还去了他的墓地，坟墓上野草丛生，村里人说老秦早得癌症死了，因为没有钱治病，是被活活痛死的。

站在乱坟岗上，刘大成迷茫了：既然老秦的确是死了，那么，这个打电话的人到底是谁呢？他现在到底躲在什么地方？

奇怪的是，自打刘大成去过老秦村子之后，那个神秘电话就再没来过。不过，刘大成依然惶惶不可终日，他总感觉那个打电话的人没有放过他，唯一能让他不把电话打过来的办法，看来就是自己要不断地捐资，修这里，建那里。对于那些需要帮助的人，刘大成已经非常敏感了，他总是在第一时间出钱出力。

不久之后，这一天早晨，刘大成从报纸上看到了一个惊人的消息，说多年以前发生在西郊的杀人案成功破获，杀死矿长黑头的凶手已经自首，是一个中年汉子，名叫曹三……

曹三？曹三是凶手？那么自己呢？刘大成将这条消息反反

复复看了十几遍，还是不相信这是真的。明明是自己杀死了黑头，凶手怎么变成了曹三呢？这年月，有人冒充名人，冒充领导，冒充警察，冒充乞丐，可怎么也没听说有冒充杀人犯的呀？

整整一个晚上，刘大成都没有睡着觉，他将自己当时杀死黑头的场景在脑子里放电影般的过了一遍又一遍，黑头的的确确是死在自己树棒底下的啊！刘大成决定去看看那个叫曹三的。

费了九牛二虎之力，刘大成终于见到了曹三。曹三满脸病容，警察告诉刘大成，曹三已经是癌症晚期了。癌症晚期？刘大成心头一惊，好像悟到了什么，他请求能和曹三谈谈，警察犹豫了一下，答应了。

见到刘大成，曹三笑了，说："我没想到你会来。"

刘大成迫不及待地问："你就是那个打电话的人？"

"不只我一个人。"曹三的回答让刘大成目瞪口呆，"我住进医院的时候，遇到了另外一个病友，他也是癌症晚期，他在弥留之际托了我一件事情，就是压低嗓门给你打电话。"

刘大成问："那个病友，是老秦么？"

曹三摇摇头："不是老秦，他姓王。在老王之前，是老李；老李之前，才是老秦。"

曹三的一番叙说，终于让刘大成知道了事情的因由：在那个癌症病房，老秦、老李、老王和曹三，这些病友将他刘大成杀人的事情作为一个秘密，像接力棒似的传说着；同时传送的，还有那个打神秘电话的任务。

"老秦说，那矿长黑头先前做下了好多恶事，死是罪有应得，所以当时就根本没打算要告发你。直到八年后，他偶然从报纸上看到你的相片和发迹史，又暗中观察了你好久，发现你已经被钱埋没了良心，为富却不仁，就想着要惩戒惩戒你，所以才出了这一招。"

刘大成听了，长长地叹了一声，说："送人玫瑰，手有余香。

我看着自己出钱修的那些桥和路,建的房和楼,看着那些我资助过的人活得那么快活,我也算是明白了人生在世的道理。但是我不明白,你为什么却要冒认这个杀人死罪呢?"

曹三沉吟了一会,说:"我不想让这个神秘电话继续下去了,我知道,只要这案子没结一天,你就会被闹心一天,我这么做,为的是让你抛弃过去的包袱,今后做一个轻松的人。"曹三说到这儿微微一笑,"我已经病到晚期了,选择这种方式,也算是解脱。"

刘大成不知道自己是怎么离开的曹三,怎么回的家……他脑子里沉沉的,但是有一点他心里很清楚,那就是给他打神秘电话的这几个癌症病人,从老秦到曹三,他们指引自己帮助了那么多困难的人,挽救了那么多的生命,做了那么多的善事,但却没有一个人是为了自己的事给他刘大成打过一个要钱的电话……

第二天一大早,刘大成收拾收拾,走过阳光灿烂的街道,来到公安局,他说:"我是凶手!"

（安昌河）

（**题图:**魏忠善）

养狗防老

　　福满别看名字起得好，可命中却无福，四十岁才得子"孬娃"，老婆还因此搭上了一条命。可孬娃长大后又不争气，整天惹是生非，福满常常抱着家里那条叫"欢子"的狗叹气，说："养个儿子，还不如养条狗省心呢！"

　　这一天，福满做好了饭，正在家等孬娃回来，忽然就听见外面乱作一团，一大群人抬了一台沾满大粪的电视机来，踹开门就叫福满把孬娃交出来。

　　福满吓了一跳，连忙战战兢兢地问是怎么回事。

　　为首的是本村的大成老汉，把脖子一扭，指着那台臭气熏天的电视机说："怎么了？都是你那宝贝孬娃作的孽！"

　　原来，大成老汉有个女儿叫小翠，长得跟朵花儿似的，谈好了一门对象,说好了到国庆节办喜事的,为此,大成老汉把家里的老黄牛卖了,给小翠买回了彩电和冰箱。可谁知这却让孬娃几个给惦记上了,前两天就去过大成老汉家一回,碰巧被大成老汉撞见,大成老汉看在福满的面上,训斥了孬娃他们几句,就放他们走了。可谁知,今天早上醒来,竟发现这彩电竟被扔进了他家后院的大粪池里。这种事不是孬娃一伙干的,还能是谁?

福满一听,赶紧给大成老汉赔不是,大成老汉却死活不依,非要好好教训孬娃一顿。福满没办法,赶紧跑回屋里,从箱底掏出二千块钱,算是赔电视机的,大成老汉这才气呼呼地带人走了。

再说那孬娃,在外面躲了几天,见没事了,便大摇大摆地回了家。一进家门,他看见堂屋里放了一台电视机,就高兴地跑过去,摸了又摸,问福满怎么舍得买电视机了。福满没搭理他,抄起擀面杖照准孬娃就要打,还把大成老汉寻上门来的事说了一遍。

孬娃一听,急得直跺脚,连呼:"赔了!赔了!"

福满一惊,忙停住手,问孬娃:"快说,到底是怎么回事?"

孬娃说:"老爹,这电视机不能看了。"原来,他们几个见偷电视机不成,就用棍子把电视机里的线路全给搅了。孬娃说着,抱起电视机就要去找大成老汉算账。

福满老汉一把拽住他,骂道:"你个兔崽子,你还嫌丢人丢得不够咋的?"

孬娃气恨恨地说:"这事没个完!"

果然,过了没几天,又出事了,而且是桩大事:大成老汉的女儿小翠在山上割猪草时,竟被丧心病狂的孬娃给糟蹋了!大成老汉气得铁青着脸,带着一帮人跑到福满家,活要见人,死要见尸。可哪还有孬娃的影子?大成老汉一边叫人赶紧去报案,一边把福满团团围住。

福满蹲在地上,只知道"呜呜"地哭。

派出所的警察来了,询问了好大一会儿,可福满愣是一个劲地喊"冤枉",说肯定是大成老汉弄错了,他家孬娃决不会干这事的。警察问福满周边还有哪些亲戚,想得到点线索,可福满就是不说。警察无奈,只好先撤退,临走时关照福满,如果孬娃回来,一定要抓紧时间报告派出所。

这以后,福满家就成了派出所民警常来的地方,逢上过节时候,他们还会悄悄潜伏在福满家里和四周,专门等着抓孬娃,可每次都是无功而返。对此,福满很不满意,四处诉冤,说肯定是警察弄错了,一再袒护孬娃,弄得村里人都不愿再和他来往。

一晃一年过去了。这一年时间里,福满本来就寂寞的家里就更像一潭死水,福满人也变得有点疯癫起来,村里人都喊他"疯老头"。只见他整天只和自己养的欢子在一起玩,让欢子扑过来咬自己的腿,每次都咬得腿上血淋淋的,村里人都以为福满真的疯了。除了逗狗,福满还四处找孬娃的那几个狐朋狗友,见了他们老说一句话:"告诉孬娃,找机会晚上回来,老爹想他。"

这天晚上,福满正要睡觉,忽然就听见院子里好像有人跳进来,忙问:"谁?"再听,却没了声音。过了一会儿,有人轻轻敲门,福满赶紧披上衣服,走过去拉开门闩,一条黑影闪了进来,福满定睛一瞧,是孬娃回来了。福满看到孬娃,老泪"刷"地流了下来,一年不见,孬娃在外边弄得蓬头垢面,三分像人、七分像鬼。

孬娃进来就关门,叫福满赶紧给他弄吃的。

看着孬娃狼吞虎咽的样子,福满心疼地说:"娃呀,你这样在外边东躲西藏的,啥时才是个头? 听老爹的话,赶紧去投案吧!"

孬娃吃饱喝足了,来了精神头,把脖子一横,说:"我投他妈的屁案? 我在外边犯的事儿,挨两回枪子都不够。你赶紧给我点钱,我们哥几个准备到国外去闯一闯!"

"你……"福满猛地一把拽住孬娃,不让他走。

孬娃见势不妙,一甩手,把福满撂倒在地。

他刚跑出家门,忽然就听福满大吼一声:"欢子!"

只见福满平时养着的那只狗立刻像闪电一样猛扑过来,照准孬娃的腿就是一口。孬娃一个措手不及,跌倒在地,等他好容易从地上爬起来,欢子冲上来照准他的腿又咬了一口。孬娃挣脱了几次都没用,急了,顺手从兜里掏出一把尖刀,就朝欢子肚子上捅,只见欢子的肠子流了出来,却死活咬住孬娃不放。

这时候,听到动静的邻居们都出来了,一见是孬娃,一拥而上把他逮了个正着,要将他扭送去派出所。

孬娃挣扎着回头喊"老爹",这时已经从地上爬起来了的福满蹒跚着走过去,说:"娃儿,你有什么话要说?"

孬娃咬着牙说:"老爹,你要认我这个孽子的话,在我死后,你就把这狗杀了炖了,摆在我的坟头!"

福满哭了:"娃呀,你到死都没弄明白,害死你的不是狗,是你自己呀!我到处说护你的话,那是为了把你骗回来;我训练欢子,就是为了让它帮我把你逮住,好叫你今后别再胡作非为、祸害四邻呀!"

不久,孬娃的案子审出来了!枪决那天,福满拄着拐杖来到欢子的坟头上,恭恭敬敬地给它磕了三个响头……

（段海斌）

（题图:魏忠善）

智

斗

　　程伯原来是市汉剧团的演员，虽说现在退休已经两年了，可由于职业养成的习惯，他不喜欢在家里发呆，而是整天泡在"老干部活动中心"的票友剧团，和一帮老头老太说拉弹唱。最近，他们正在排练《沙家浜》里的那折"智斗"，导演让程伯扮演敌伪参谋长刁德一，程伯乐呵呵地接受了任务。

　　这天因为导演要去喝喜酒，提前一个钟头结束了排练，程伯安步当车回到自己居住的小区，嘴里仍低声唱着"这个女人不寻常"……他刚刚登上三楼，忽然发现一个身影正在自家门前捣鼓什么，起初他以为是儿子回来了，再一看这人的穿着打扮一点也不像。糟糕，是小偷！

　　程伯心里抖了一下，躲在楼梯拐角处左右看了看，诸位高邻都还没下班，楼道里空无一人。他掂掂自己的分量，根本不是那小偷的对手，只后悔当初在剧团练功时怕苦怕累，没有练出几招儿来。

这便如何是好？难道听任那小偷破门而入、恣意妄为，把自己家里洗劫一空？

程伯眼珠转了几转，不由心里一亮。他壮壮胆子，脚步轻轻地走到那小偷身后，拍拍他的肩膀，喊了一声："伙计，喝多了吧？"

那小偷正用一把螺丝刀在摆弄程伯家的防盗门，闻言猛地一惊，回头看是个六十多岁的瘦老头儿，两眼一瞪就要撒野。

程伯笑呵呵地说："这是我的家呀，你的家在四楼。伙计，你一定是喝多了！"

"就是，就是，"那小偷立刻换了副嘴脸，把螺丝刀悄悄掖了起来，嘴里胡乱答应着，"在四楼，四楼……妈的，才半斤二锅头，就喝成这个熊样儿！"

"呵呵！"程伯接着说，"这是 308 室，你家是 408 室，都是'8'，可错着一层呢！别以为我老眼昏花看不清，我认得可准了。你在外地当经理，你太太是烟酒公司的业务员，三天两头出差，你们搬来还没有两个月，对不？"

"对呀，"小偷急忙附和，"老先生眼力不错，记性也蛮好呢！"

"一个楼的邻居，抬头不见低头见，怎么能忘了？呵呵，本来想请你进屋坐坐，可俺那不争气的愣小子正在睡大觉，他天天熬半夜到体育馆练拳击，要闹醒了非跟我发牢骚不可。不好意思，我就不留你了，呵呵！"

小偷暗自吃惊：练拳击啊？天！幸亏还没把门撬开，不然今天这顿饱打是怎么也逃不掉了。"不客气，不客气，我这就上去……"他转身就要溜走。

还没到楼梯口，程伯又在他身后喊了一嗓子："别忙，别忙！"

小偷不得不停下脚步。

程伯满脸歉意地追上了他："你看我,刚才还说记性不错呢。我想起来了,你太太今天早上到郑州出差去了,说是去采购白酒。她知道你今天到家,临走时特地把家里的钥匙放在我这儿,千叮咛、万嘱咐让转交给你,差点忘了!"说着,从兜里掏出一把防盗门上的钥匙,递到小偷手里。

"谢谢,谢谢!"小偷连声道谢,乐得嘴巴都合不拢了。既有这样的好事,怎么舍得溜走?这老头儿一定是认错人了,该俺放心大胆地上去捞上一把。他伸手接过钥匙,急匆匆往楼上奔。

望着他的背影,程伯忍不住笑出声来,随即返身进屋,拨打110。

快速反应的公安人员不到三分钟就赶到了,此时,只见那小偷已经是遍体鳞伤,不得不束手就擒。

原来,楼上408室住的竟然就是程伯的儿子!不过,小两口儿经常不在家,于是就养了一条大狼狗,平时房门钥匙交给程伯保管。小偷毫不费力地打开房门,正在客厅里左顾右盼,想着从哪里下手,关在阳台上的狼狗以为是程伯又来喂它,满心高兴地趴在窗口等着,却发现来的是一个鬼头鬼脑的陌生人,不禁勃然大怒,它后腿一蹬,从窗口跳进客厅,朝小偷扑了上来。小偷大惊失色,又不敢喊叫,犹豫之间,狼狗已经将他扑倒在地,张开血盆大口,便是一阵猛咬……

第二天排练的时候,程伯说起这件事,几个老伙计和他开玩笑:"你这回是既演刁德一又演阿庆嫂,实实在在来了一场'智斗'!"

(古　清)

(**题图**:李　加)

酒吧枪声

　　威斯是个聪明能干、遇事不慌的小伙子,乔尔退休以后,他接替乔尔管理酒吧。

　　除了乔尔每天早上要来酒吧喝咖啡外,店里每天还有许多常客,最熟的要数老吉姆。老吉姆原来是个列车长,在一次火车事故中成了跛子,安了假腿,他每天一早就来酒吧,喝酒吃干辣椒。

　　这天上午,乔尔和老吉姆都还没有来,店里只有威斯一个人。就在威斯擦抹柜台的当口,门外传来"嘎"的一声,一辆破旧不堪的福特车停在酒吧门口。威斯朝外望去,只见车上下来一个老太,身材矮小但很精干,穿着军人夹克,肩上挎着一只松软的旧挎包。

老太推开酒吧门进来,走到柜台前,在威斯面前的高凳上坐下,毫无表情地从嘴巴里蹦出两个字:"咖啡。"

威斯应了一声,便转身去准备咖啡。

只听那老太又问:"这酒吧是从芝加哥来的乔尔开的吗?"

威斯答道:"是的,这酒吧正是乔尔开的。"

老太一听,突然高兴地大笑起来,边笑边说:"这是个好消息!年轻人,我跑遍了芝加哥西部的每一个偏僻小镇,寻找乔尔和他的酒吧,今天终于被我找到了。他啥时在店里?"

威斯问:"您是他的老朋友吗?"

老太说:"算得上吧,他等会儿来吗?"

威斯总觉得这老太神情有点不对劲,忍不住问道:"您找他有什么事吗?"

"是的,很重要的事情。"

"那我打电话告诉他您在这里等他,好吗?"

"没这个必要,我可以等。"老太边说边低头打开那只松软的旧挎包,突然从里面掏出一支手枪,指向威斯。

威斯惊呆了,但他很快镇定下来,说:"我可以问您一个问题吗?"

老太瞥了威斯一眼,冷冷地说:"问吧!"

威斯说:"您干吗要杀乔尔? 他是个好人,从不伤害别人。"

老太眯着眼睛盯着威斯看了好一会儿,突然咬牙切齿地说:"乔儿毁了我的生活,他和玛尔塔私奔了。"

威斯惊奇地说:"玛尔塔? 那是他已经去世的妻子。"

老太一听说玛尔塔已经死了,立刻高兴得大笑起来。

原来,这个老太名叫艾尔茜,三十年前和乔尔相爱,后来乔尔提出想去西部开个酒吧,她坚决反对,还赌气说,这世界上男人多的是,自己宁愿不要乔尔也不会和他去西部,哪个女人愿意葬送自己前途,就和乔尔结婚,一起去西部过乏味的生活吧。没想到,一直在追求乔尔的玛尔塔立刻表示愿意去,于是乔儿很快和玛尔塔结婚,一起去了西部。

听了老太这番话,威斯不解地问:"既然是您让他们走的,为什么又要责怪乔尔呢?"

老太说:"当时我琢磨着我会弄到一个更适合我的男人,可最后我终于明白了,这个人不是别人,就是乔尔!哼,是乔尔害得我独自过了一辈子,是他毁了我的一生,我恨他。我在死之前,一定要亲手杀了他!"

威斯说:"也许,现在你们俩可以在一起生活了。您知道吗,玛尔塔死后,乔尔一直没有再结婚,也许……"

老太叫了起来:"不!太晚了。你不要再说了,今天是我报复他的日子。不过你放心,我不会伤害你的。"

威斯说:"夫人,我不想让您伤害乔尔,他是个好人。如果您真的曾经爱过他,您就应该收起您的枪,等他进来时说声'你好'。"

老太苦笑着摇摇头,说:"不,你不了解我的痛苦,你体会不到当你爱上一个人而又不得不失去他时的感觉。"

"我有体会,我失去过我所爱的人。"威斯激动地说,"我母亲两年前死了,我很伤心,母亲离开了我,我感觉我就像被她抛弃了一样。但如果这时候她出现在门口,我肯定不会用子弹迎接她,我会紧紧地拥抱她,对她说,'欢迎您回来'。"

威斯见那老太听得有些入神,觉得机会来了,他飞快地伸手从柜台里拿出一把空咖啡壶,使劲向她脸上砸过去。

那老太居然一点不惊慌,敏捷地用枪管猛地一击,咖啡壶被打碎了。老太往后一跃,离开凳子,威斯跳过柜台,想去抓她的手,却不料老太身子一挺,枪口已对准了威斯的胸口。

威斯暗叫一声:"这下可完了!"

但老太并没有扣动扳机,而是将枪管向上一击,狠狠地打中了威斯的下巴,疼得他眼冒金星,踉跄地直向后倒退,撞到凳子上。老太嘲笑道:"小子,你有胆量,但没有头脑。"

威斯在心里暗骂:这个该死的老太婆,年纪虽有我的三倍大,动作却比我灵巧得多。

当威斯回到柜台后面时,老太拖动凳子向后移动到威斯的攻击范围之外,然后冲着在擦下巴上血的威斯说:"小子,你给我听着,我决定要干的事,谁也阻止不了。"她顿了顿,又说,"你知道为什么没人能阻挡我吗?因为我不打算活了。等杀死了乔尔,我就离开这个鬼地方,开了我的那辆老破车,加快速度,然后对准路边一棵最大的树……"

威斯听到这里突然哈哈大笑起来,笑声打断了老太的话。

老太板起脸来说:"你以为我是说着玩的?"

威斯说:"不,夫人。您说到撞树,这倒让我想起了一件事情。"

威斯告诉老太,两年前,乔尔带着玛尔塔驾车外出,一不当心车子撞在一棵大树上,玛尔塔就是在那次事故中死去的,乔尔也因为那次事故而变得很难看,左眼瞎了,他平时只好戴上眼罩不说,而且还失去了一条腿……

老太突然大叫起来:"别说了,我不想听!"

威斯看了她一眼,耸耸肩,叹了口气,说:"好吧,夫人,请原谅。我只是想提醒您,撞到树上的人不一定都会死,也许您的结局会和现在的乔尔一样,缺腿瞎眼,疤痕累累,连您最要好的朋友也认不出您了。"

就在这时,外面传来脚步声,是那种缓慢的、深一脚浅一脚拖动靴子的声音。威斯和老太抬眼望去,透过玻璃门,只见一个灰白头发的男人正朝这儿走来,他那满是伤疤的脸上戴着一个眼罩。

门被推开了,老太迅速地举起枪,指向了门口。威斯大叫一声:"乔尔,闪开!"来人还没反应过来,那老太已向他开枪了。第一颗子弹打高了,子弹打碎了门玻璃;第二颗子弹打中了他的腿,把他打倒在地;然后,老太把枪对准了他的头。就在这危急时刻,威斯不顾一切地腾空跳过柜台,在老太扣动扳机的那一瞬间,威斯猛击老太的背部,只见子弹从老太手里的枪膛里射出,在地板上钻了一个洞,威斯和老太一起重重地倒在地板上,老太手里的枪摔到了一边。

威斯顾不得痛,从地上爬起来,一看,那老太躺在地板上,已经失去了知觉。再看躺在地上那个刚进门的老人,吓得身子直打抖,不过子弹只是打在他的木假腿上,带出的只是一些木碎片。

就在威斯打电话叫救护车的时候,酒吧的门"吱呀"一声又被推开了,一个高大的男人走进来,他看到眼前的情景,惊讶地张开嘴巴。他愣了一会,朝地板上的那个假腿老人喊道:"吉姆,你没事吧?发生什么事了?"

吉姆眯着一只眼睛,不解地说:"一个疯老太婆向我开枪。"

威斯指着躺在地板上的老太说:"是这个叫艾尔茜的干的。"

原来,这个高大的男人才是真正的乔尔!他盯着躺在地上的老太,喃喃地说:"艾尔茜,这名字听着挺耳熟,可是……"

"你当然熟,"威斯说,"你离开了她,然后娶了我母亲。爸爸,她今天是来杀你的。"

乔尔终于明白了是怎么回事,他激动地走上来,紧紧抱住了威斯。

(李能安　编译)

(**题图:**箭　中)

相 机 行 事

要注意留神任何有利的瞬间,机会到了,莫失之交臂。

巧使借兵计

青山靠河屯有个少年叫刘常乐,今年十四岁,初中二年级学生。

星期六,常乐去隔壁高崖屯姥姥家玩,住了一宿,第二天一早就往自家赶,准备帮爸爸干些农活。

他刚走到屯子边,只见庄稼地的小道儿上突然走出两个牵牛的壮汉来。只见他们两个人一边走一边东张西望,还不停地拿手里丈把长的棍子打牛,"得——驾"急轰慢赶地吆喝牛快走。

他们与常乐走了个对面,常乐一看,差点喊出声来。原来这头牛正是自家养的大黄犍子,不用说,这两个人准是偷牛贼!

怎么办?把牛抢回来?凭自己这点力气,怎是这两个壮汉的对手?可是就让这两个偷牛贼从自己眼皮子底下把家里辛辛苦苦养大的牛偷走？常乐咽不下这口窝囊气。

常乐想返回高崖屯去喊人，可屯里外婆家就两个老的，左邻右舍常乐又不熟悉；赶紧回自家叫人吧，来回七八里路，远水也救不了近火，能有什么用？

常乐急得抓耳挠腮，青筋直蹦。

这两个偷牛贼到底是做贼心虚，见这个孩子神色不对，立时警觉起来，四只贼眼滴溜溜在常乐脸上扫了两圈，随后"驾驾"赶紧拿棍子打牛，想快点走开。

且说那头大黄犍子牛，见到自己的小主人立时兴奋起来，甩尾巴，晃脑袋，"哞哞"大叫，抻着屁股怎么也不肯走了，样子像说："我被这两个蟊贼偷了，快救我回家吧，快呀！"

两个偷牛贼不觉心里发了毛，惊乍乍地打量起常乐来。

常乐心里一怔，不过心眼儿动得挺快，立即装成没事儿的样子，上去拍了拍大黄犍子，学着大人的口气道："呵，好大个儿啊！几岁口？买的还是卖的？"随后"啊呵呵——"地唱着歌，又蹦又跳地返回高崖屯。

屯边村头一家猪圈旁停放着一辆推粪的小推车，门口有个女人正拾掇着准备做早饭，常乐快步向小推车走去，二话不说，抄起就跑。

女人见有人居然大清早的就偷跑了她们家的小推车，立时喊叫起来："孩子他爹，快出来，咱家的小车让人给抢跑了……"

女人的叫声把大家伙儿全惊动了，这家男人立刻应声跑了出来，左邻右舍也都跑了出来，一看，大白天竟敢有人来屯里偷东西，这还了得！男主人发声喊，大家抄上家什，随着就一齐追了上去，边追边喊："站住——看你往哪儿跑！"

常乐推着小车，头也不回，撒开两腿跑得更快了。

前面，就是那两个偷牛贼，也拼命地打牛往前跑，想快点离开这个是非之地，猛然听得后面有人叫喊，回头一看，呀！但见村里"忽啦啦"跑来许多人,个个拿着家什棍棒,前面那个推车的正是刚才照过面的男孩儿!准是他去喊来的人!两个偷牛贼顿觉坏了事,赶紧丢了牛,撒腿就跑。

常乐见偷牛贼跑了,把小车一放,跑过去拾起了地上的牛缰绳。

这时,追赶的村民已到近前,男主人骂声"小崽子",举起棍子就要朝常乐打来,常乐赶紧给众人解释。

大家一听原来是这么回事,纷纷夸赞常乐小小年纪竟有如此借兵韬略,真是不简单!

（周宝忠）

（题图:杨宏富）

一夜惊情

　　月月读的是金融专业,所以她不但在学校里把自己那一摊子财会工作搞得有板有眼,就连自己每个月那一千五百元工资,也用得有计有划的。这天下班,她决定拿出这个月工资的十分之一,好好替自己做一次头发,于是便挑了一家门面不大但看上去非常干净的发屋,走了进去。

　　月月的眼光果然不错,这家小店收费不高,技术却一点不差,师傅就那么三下二下地一搞,镜子里的月月就与刚才进来时大不一样了。月月美得合不拢嘴,拿过放在一边的皮包要付钱,这才发现包里的皮夹不见了。她把包翻了个底朝天,又摸遍了自己身上的衣兜,也没见半个影。月月紧张了:皮夹会丢到哪儿去了呢?

　　发屋的老板娘看月月东翻西找地付不出钱来,脸色就有点不好看了。月月很不好意思,说:"老板娘,真对不起,我皮夹不见了,能不能让我把包押这儿,明儿一早就给您送钱来?"

　　老板娘的脸拉得老长:"你那个包值什么钱,有没有手机什么的? 要留就留个手机在这儿。"

　　月月更难为情了,说:"今早出门我忘记带手机了。"

　　"那不行。"老板娘喉咙响了,店里的人都围过来看,月月的脸涨得通红。

　　这时,邻座一个刚刚修剪完头发的小伙子站了起来,冲着老板娘说:"不就一百五十元钱吗? 我替她付了。"小伙子边说边就从裤子后袋里掏出两张簇新的百元钞票,甩在了老板娘面前的柜台上,"加上我的理发钱,正好!"说罢,他就像一个大侠似的,大步流星地走出了发屋。

　　月月和老板娘都愣了。老板娘拿起钱,一张一张习惯地对着灯光照了照,随后满意地收进了自己的口袋,又朝月月嘴一撇:"算你运气好!"月月张了张嘴,可是什么也没说,拿起自己的包就快步跑了出去。

　　这时候,外面天已经擦黑了,路灯都亮了,月月四下里一看,那个小伙子正在不远处招手打的,她赶紧跑过去,连珠炮似的对小伙子说:"你怎么跑得比兔子还快? 你总得给我个道谢的机会吧,你做好事不留名心里挺舒坦,可我怎么能心安理得呢? 你能不能给我留个电话和地址,明天我把钱给你送去?"

　　小伙子被月月吓了一跳,回过神来连连摆手:"没关系,不就这么点钱嘛,不用还了。"

　　月月当然不答应:"你是钱多得咬手吗? 你今天要是不告诉我,我就不让你走了。"

　　小伙子觉得月月挺有意思:"你这个人真能较真,我要是存心不用你还钱,告诉你个假名字假电话,你不是穷折腾吗?"

"那是为什么啊?"月月喊了起来。

橙色的路灯光下,小伙子打量了月月一眼,发现这姑娘比刚才在发屋看到时更漂亮:"你……"

月月的脸红了,犹豫着说:"我家离这不远,天也黑了,你看路上一个人也没有,你不如好事做到底送我回家,我把钱还给你,好不好嘛?"月月说这话的声音不高,可铁定要还钱的神情却非常坚决,小伙子想了想,答应了,于是便跟着月月往她家走去。

一路上,小伙子挺拘束,月月就天南海北地与他聊,渐渐的,两个人的话多了起来。小伙子告诉月月他叫杜庭,在一家外贸公司工作,平时就看不过周围有人落难,只要可能,他总会出来帮忙,所以月月根本不必把这事儿放在心上。

可月月还是过意不去,走到自家楼下时,她羞涩地说,"到家了,我自己一个人住,你上去喝杯咖啡吧!"杜庭拗不过月月热情相邀,便跟着她进了楼。

到家之后,月月先给杜庭冲了杯咖啡,然后拿起浴衣,朝杜庭甜甜一笑,说:"我先洗个澡,你等着哦!"走进了浴室。

杜庭坐在客厅的沙发上,随手打开了电视,看了不一会儿,突然门铃响了,杜庭一个高蹿从沙发上跳了起来:"谁?"透过猫眼,见门外站着一个和月月年龄相仿的女子。

这时,月月从浴室里出来了,那美人出浴的俏模样令杜庭血脉贲张。"谁呀?"月月走到猫眼处向外张望。"月月,是我!""啊,是表姐!"月月转头对杜庭一笑,"看把你紧张的。"随即开了门。

月月表姐一步跨了进来,看到杜庭,显得有点不好意思。她向杜庭点了点头,对月月说:"月月,我昨天好像把钥匙丢你这了,你见着没?"

月月没接她的话茬,却急着给表姐介绍:"这是杜庭,你先陪他坐会儿,别急着走,我去换件衣服,回头帮你一起找。"说着,就进了卧室。

表姐和杜庭打了个招呼，两个人一时没话，便一起看起电视来。电视里正在播报晚间新闻："据本台最新报道，我市公安机关日前查获一个美少女抢劫团伙，她们利用美色抢劫作案二十余起，现在该团伙的五名成员已落入法网，另外三名案犯正在全力缉捕中。"杜庭顿时脸色有变，狐疑地扫了表姐一眼。

这时，只听月月猛喊了一声："表姐，钥匙在这儿哪！"只见她快活地从卧室里冲出来，"看，找到了！"她把钥匙递给表姐，又朝杜庭嫣然一笑："和我表姐聊什么哪？"

表姐见这情势，知趣地起身告辞："我走了，别耽误了你们的良辰美景。"

杜庭要站起来送表姐，月月的两只手臂却突然像两条蛇一样死死缠住了他的脖子。说时迟那时快，表姐将手中那串钥匙"呼"地向杜庭面门砸来，紧接着，杜庭束在腰里的皮带被表姐"唰"地抽走了，表姐用它把杜庭的两只手反捆了起来。

这一切实在是来得太突然了，杜庭猜想自己准是遇上美少女抢劫团伙了，他忙不迭地向两个女人告饶："大姐，要钱尽管拿，你们就饶了我一条小命吧！"

表姐"嘿嘿"冷笑一声，翻遍了杜庭的每一个口袋，从他裤子右后袋里搜出了一沓钱，月月拿过来一看一数，向表姐点了点头。表姐拿起挂在脖子上的手机，拨了个号码，得意地说："你们可以进来了！"

杜庭吓坏了：难道真要杀人灭口？只见月月跑过去把门一开，两个青年男子走了进来，直奔杜庭，麻利地给他铐上了锃亮的手铐："杜小四，跟我们走吧！"

杜庭大惊："你们怎么知道我叫杜小四？你们是哪路好汉？"

表姐从怀里掏出一张黑色卡片，朝杜庭眼前一亮："我们是警察。"

杜庭整个人蔫了,战战兢兢地说:"我今天算是遇到高人了,你们……你们能不能让我死个明白?"

月月气哼哼地冲着他说:"好你个小偷,拿我的钱替我付账,倒是我替你付了五十元理发钱。好吧,现在我就来让你'死个明白'!"

原来发屋老板娘在拿了杜小四的钱照光辨别真伪时,月月突然发现这两张百元面值的钞票就是自己放在皮夹里那沓钱中的两张,她这个财务会计对自己经手过的钞票有一种特殊的敏感,但这时杜小四已经离开了发屋,月月便赶紧追了出去;拉住杜小四后,月月决定用自己的智慧和胆量把杜小四搞定,于是就一步步把他诱到家中,借口洗澡把手机和警民联系卡裹在浴衣里带进浴室,通过手机发中文短信与自家地块的女片警取得联系。至于杜小四正好看到的电视里的那则新闻,则纯属巧合罢了。

不过,月月感到有点困惑的是:这个杜小四为什么偷了她的钱,后来还要帮她呢?

这个谜直到结案时月月才知道。原来这个杜小四还是一个重大盗窃集团的成员,他做尽了坏事,心理也有些变态,他习惯自己得手钱包后跟上被盗人一段时间,看看被盗人发现被盗后焦急痛苦的神情,就会觉得很满足很过瘾;如果对方是年轻漂亮的女性,他还会假生侠义之心来一个"英雄救美",再想办法把这个姑娘搞到手。所以路灯下他婉拒月月还钱,其实是在做戏呀!

(冯　彦)

(**题图**:魏忠善)

讲明白也好

晓军是一家私营公司的小车驾驶员,专门给老板王总开车。

这天,接王总上班去公司的路上,在一个十字路口碰上了堵车,足足等了一刻钟,好不容易车子重新起动了,王总忽然说要下车看看。

原来刚才堵车等候的时候,王总发现路边有个穿大裤头的老头,一路捡着垃圾一路走来。

王总盯着他上下打量了半天,下车后三步两步走到他面前,问:"你……你在南疆建设兵团干过吧?"

老头奇怪地看着王总,点点头说:"是啊,我在那里上山下乡八年了。怎么,你认识我?"

王总一把拉住他,激动地说:"你这八年是在疆北干的?"

"是啊,疆北一连!"

"太好了,我也在疆北,我也整整干了八年,我是二连的。走,老战友,上车,到我公司去。"

王总当年是知青,这公司里的人都知道,但他的知青情结竟会深到这种地步,却实在令晓军感慨不已。把王总和老头送到公司以后不久,王总半路相认老战友的事儿就在公司上下传开了。

吃中饭的时候,晓军在饭厅里听人说,王总带来的这个捡垃圾的老头,年龄其实还没有王总大,回城以后一直时运不济,老婆一年四季卧病在床,自己一年前又下了岗,儿子考上大学后连学费都交不起。王总非常同情他,当即给了十万元,让他给儿子交学费,给妻子治病,还说以后要在公司里给他安排工作。

晓军顿时心潮起伏难平:王总出手居然这么大方?他不由想到了自己的家。晓军的父亲年纪比王总大不了多少,家里经济虽说不像捡垃圾的老头那么窘迫,可也富裕不到哪里去,因为他也有个常年离不开药罐子的母亲。父亲前几年采购药材屡次到过南疆,对疆北那一带挺熟,如果让父亲也来冒充一下当年的知青,想办法和王总见一面,说不定王总也会资助一笔钱,别说十万了,就是给个二万三万的,家里的状况也会好很多啊!

晓军回去和父亲一说,父亲果然感兴趣。

父亲说:"反正你们王总有钱,不用在我们身上也会用在别人身上。再说了,你往后给他开车尽量卖力些,也算是尽尽我们心意吧!"

不过,父亲话是这么说了,心里总还是有些担心会被王总识破。

晓军于是就给他鼓劲说:"爸,不会有问题的,你尽量多说说家里的难处,他准会掏腰包。这样吧,我明天先去探探他的口风。"

第二天见到王总时,晓军就故意问王总当年去南疆上山下乡的事儿,趁王总说得高兴时,晓军不失时机地开口道:"王总,我表叔当年也在你们那里呆过呢!"

"真的?他现在在哪里?"

"就在这个城里啊!"

王总责怪晓军怎么不早告诉他,晓军说:"要不是昨天碰上你那个老战友,我还不知道你们上山下乡是在那个地方啊!"

王总叫晓军把表叔请来。

小军故意做出一副为难的样子,吞吞吐吐地说:"王总,你……你还是不要见他的好,他们家的日子过得比你那老战友还苦,我……我怕你听了又要浪费钱。"

王总一听,立刻正色道:"晓军啊,你这话就说得不对了,帮助贫困的老战友,这怎么能叫浪费呢,我心里太愿意了啊!去,你明天就去把你表叔接来,我们见见面。"

嘿嘿,晓军要的就是这句话!他心里暗自窃喜。

第二天,晓军准备把父亲带到公司去,临出门的时候,他见父亲走路忽然一瘸一拐的,急着问:"爸,你的腿怎么了?"

父亲敲敲自己的腿说:"记住,等一会见到你们王总,你就说我这腿是十年前为救一个孩子被车压的。"

晓军一听,"噗嗤"笑出声来:"爸,你也太离谱了,万一王总以后在大街上看到你走得好好的……"

父亲却打断晓军的话头说:"城里人多着呢,他进进出出坐的都是车,哪能这么巧就被他看到?再说了,他这种人朋友多,以后就是看到了,也不见得就能认出我来。"

父亲坚持要瘸着腿去见王总,晓军想想父亲的话也有点道理,于是就这么把他带到了公司。

一开始,晓军心里还有些忐忑,可王总却好像完全沉浸在当年的情感之中,和晓军的父亲一见如故,说话的时候他一直握着晓军父亲的手不愿松开。而让晓军佩服不已的是,说起当年疆北的生活,尤其是当地的风土人情,父亲居然滔滔不绝,好像知道得比王总还多。

王总关切地问:"我听晓军说,你回城后日子过得不咋的?"

"唉,不瞒你说,日子是过得不顺啊!"晓军父亲一边说,一边脑子里拼命搜罗着,把家里以往桩桩件件的难事儿都讲了出来,最后敲着自己的"瘸腿"说:"亏就亏在这条腿,当时是为了救一个孩子,被车压了,要不然,我真还可以好好干呢!"

晓军和父亲都等着王总给钱,可王总却意犹未尽地对晓军父亲说:"走,我带你们去个地方。"

"去哪里? 你莫不是要给我治腿病?"晓军父亲不由有点紧张,"不必了,不必了,我这腿治不好的,就是样子难看点,总还能走路啊!"

王总说:"你跟我去就是了,我只是想让你的腿舒服舒服。"

王总兴致极高,亲自开着小车,带着晓军和他父亲出了公司大门。

晓军吃不准王总要把他们带到哪里去,表面上没说什么,心里却紧张得要命,直到车子开进一个娱乐中心,他才恍然大悟:这儿有个当地有名的洗脚城,自己以前曾经送王总来过,肯定是王总见父亲腿脚不好,特地让这儿的小姐来替他按摩按摩。

果然是这样,王总还特地要洗脚城的经理挑最好的服务明星来为晓军父亲按摩。

洗完脚,趁王总去结账的时候,父亲小声问晓军:"王总怎么一点表示都没有呀?"

晓军说:"放心,那个捡垃圾的老头连洗脚城的影子也没看见,都拿了十万元,今天王总亲自带你来,我看十万元只多不少。"

但让晓军沮丧的是,他的这个估计彻底错了,王总把车开回公司以后,就让晓军去财务室结账。

公司员工都知道,这"结账"其实就是"辞退"的意思。

晓军吃惊地问:"王总,你……你不要我了?"

王总点点头:"你另谋高就吧。"

"王总,我……我想知道这是为什么?"晓军在心里问自己:今天这事好像没露什么破绽啊?

王总看着晓军,沉吟着说:"其实你自己心里应该清楚,我为什么要你去结账。唉——"他叹了口气,"不过讲明白也好。"

说到这里,他弯下腰,把自己的裤腿高高挽起:"你们看看我腿上这些疤痕。"

晓军和他父亲低头一看,只见王总的腿上密密麻麻遍布黄豆大小的疤痕。

王总说:"当年在疆北的知青,没有一个腿上不留下这样的印记,这是被疆北特有的毒虫子咬的,那时候两条腿天天流黄水,每天晚上痒得睡也睡不着,后来好不容易结了疤,就多少年也退不了。那个老战友我为什么会在大街上认出他来? 是他大裤头下满腿的疤痕告诉我的啊……人再苦再穷,也不能没了实诚,我不想和不实诚的人打交道!"

王总说到这里,晓军和父亲早已羞得无地自容……

（张　萍）

（题图:魏忠善）

编顺口溜的小女孩

　　瑶瑶上四年级了,别看她是个小女孩,可跟男孩子一样淘气,一张小嘴像百灵鸟,唧唧喳喳的能说会道,遇上了什么有意思的事,她眼睛一眨巴,就能随口编出几句来。

　　瑶瑶有个叫牛牛的小朋友,脑子不大灵光,今年四岁了,可连"一二三四五"都不会数,瑶瑶教他说什么,他总是学歪了。瑶瑶常常点着牛牛的额头,说:"老鸡骂小鸡,你是个笨东西,我叫你唱'咕咕咕',你偏要唱'叽叽叽'。"

　　牛牛就住在瑶瑶楼下,瑶瑶听大人讲,牛牛小时候又聪明又可爱,后来他爸爸生病死了,妈妈给他找了个继父,这继父是酒鬼,脾气很凶,一次喝醉了酒,竟抓住牛牛的脑袋狠命往墙上撞,牛牛只"呃"了一声,人就整个儿瘫在地上,一直昏睡了两天,醒来后就目光呆滞,成了现在这个样子。

看着牛牛说话这么吃力的样子,瑶瑶心里很着急。

这天,瑶瑶在学校里偶然听同学说了一个学唱歌治结巴的故事,心中一动,从此放学回来后,一有空就教牛牛学顺口溜:"一二三四五,上山打老虎;老虎没打着,就打小松鼠;松鼠有几只,让我数一数;数来又数去,一二三四五。"

牛牛开始一点也学不会,后来勉强学会一句,可是第二天又忘了。瑶瑶一点儿也不泄气,总是一遍一遍耐心地教他,忘了就从头再教。几个星期下来,牛牛终于可以跟在瑶瑶后面"鹦鹉学舌"了! 又过了些日子,牛牛越念越清楚,而且不会忘记了。

牛牛不禁喜欢上了瑶瑶,见到她就"嘿嘿"笑,还叫她"姐姐"。不过,只要离开了瑶瑶,牛牛就仍然是一副目光僵硬、木木讷讷的样子。

这天,瑶瑶正在阳台上做功课,忽然听到楼下传出一阵牛牛奶奶的哭声,她猜想准是牛牛出事了,立刻飞一样奔下楼去。

果然,牛牛奶奶一见瑶瑶,就泣不成声地拉着她的手告诉她说,早晨牛牛尿了床,垫被湿漉漉的,屋子里满是浓浓的尿臊味,脾气暴躁的继父于是就扇了牛牛几个耳光,牛牛的鼻子被扇出了血,可他没有哭,早饭也没吃,不知什么时候就开门走了,到现在也没有回来……

瑶瑶脑子"轰"的一声:不得了,牛牛丢了! 瑶瑶拉着牛牛奶奶的手说:"奶奶,我陪你去报案!"于是这一老一少便向派出所走去……

三天过去了,牛牛还是没有回来,派出所民警一时也没有查到什么线索。

牛牛奶奶伤心欲绝,苍白的脸上整天淌着泪水,见人就问:"看到我的孙子牛牛吗? 他可是个漂亮宝宝,还会念顺口溜哩……"瑶瑶呢,每天一放学就去牛牛家里看,她多么希望能看到牛牛从房间里飞奔出来,喊她一声"姐姐"啊,可每次都是失望而归。

眼睛一眨就过去了一个星期。

这个双休日,瑶瑶到百多里外的江城外婆家去看外婆,顺便去那里的森林公园玩。那个森林公园可大了,到处是又高又大的古树,老半天才能见到一个游人,瑶瑶天生就是一个大胆的孩子,越是这样的地方她越是敢闯。嘿嘿,瑶瑶的探险精神可不一般呢!

来到一座古炮台,瑶瑶三下两下就爬了上去,又钻进藏兵洞,踮起脚尖,抓住望孔的铁栅栏向外望去。

就在这时,瑶瑶看到栅栏外走来一对中年男女!男的是个黑脸汉子,边走路边打手机;女的穿得很时髦,两只手还紧紧抱着一团大红绒线衣。突然,从绒线衣里传出一声异样的怪叫,瑶瑶听出来,那是个孩子的声音。孩子被这个女人用绒线衣裹得严严实实,只剩下两只眼睛在外面,一定是外面风大,女人怕孩子着凉。

可是,瑶瑶觉得那眼睛似乎有点熟,圆圆的,大大的……不知怎么,瑶瑶此时突然想到了牛牛!

瑶瑶心中一个激灵:"一二三四五!"她轻轻地念了一句顺口溜。然而,那孩子没有反应。瑶瑶不由稍稍提高了嗓门:"一二三四五!"

这时奇迹发生了,那女人怀里探出个男孩脑袋来,喃喃道:"一二三四五,上山打老虎!"

是牛牛,是牛牛的声音!

却说那女人听牛牛说话,有点莫名其妙,就对黑脸汉子说:"你别打手机了,刚才我好像听到有人说话,你听到了吗?"

黑脸汉关掉手机,听了听,说:"没动静啊?"

女人有点惊恐,看着手里抱着的牛牛说:"莫非是天开眼,怎么这木头会说话了？"

两个人于是赶紧向公园出口处走去。

瞧着他们鬼鬼祟祟的背影，瑶瑶断定他们肯定就是电视里看到过的人贩子。哼，绝对不能就这么让他们溜了！一定要把牛牛救下来。

瑶瑶把牙齿咬得"嘎嘣嘎嘣"直响，她四下里看看，附近没有人，她想，不能惊动人贩子，如果把他们逼急了，牛牛肯定凶多吉少。想到这里，瑶瑶轻手轻脚下了炮台，悄悄跟在那对人贩子后面，他们爬坡她也爬坡，他们过桥她也过桥，但就是不让他们发现。

一直跟到公园大门口，这时候，周围有不少游人，瑶瑶突然冲上去，两只手手死死抱住那女人的一条腿，号啕大哭起来，"妈妈，你不能跟着这个男人私奔啊，我找你找得好苦啊，咱们回家吧，爸爸在家天天盼着你哪！"

这是咋回事？那女人一时间被搞懵了，又是踢腿又是掰手，想赶快挣脱瑶瑶，一走了事。可瑶瑶力气好大啊，两只手像铁箍一样，把那女人的腿越抱越紧。

这时，那个黑脸汉子在一旁恼了，上来就狠狠打了瑶瑶一个耳光，瑶瑶嘴里出血了，可两只手还是不肯放松。黑脸汉子觉得不妙，从女人手里抓过牛牛就往公园外面跑，跑到路口招了一辆出租车就要往里钻。瑶瑶这时候可勇敢了，早已放开那女人追了上去，抱住黑脸汉子的一条腿张口就咬……

公园里里外外的人见此情景都"呼啦啦"拥了上来，里三层外三层，说什么的都有。

就在这时候，只见一辆警车飞驰而来，原来是公园售票处小姐打的"110"。一高一矮两个民警从车上跳下来，把几个人一起带到了公安局。

民警把女人手上的红绒线衣扯了，瑶瑶一看，啊，一点不错，正是牛牛！几天不见，牛牛人瘦了一圈，眼睛更大了，脸上的神情也更木木的了。

瑶瑶心痛地喊了声："牛牛！"

牛牛傻傻地拖着哭腔"哇哇"叫着："呜，呜，姐……姐！"

女人愣了一下，指着瑶瑶对民警说："这个小孩凭空诬陷人，说我是她妈，还说我和别的男人私奔。我俩可是堂堂正正的夫妻，民警同志，这是我们的结婚证。"说着，她把大红证件掏出来，给民警看。

那个黑脸汉子也在旁边气势汹汹地说："小兔崽子，诬告是要吃官司、进少教所的！"

高个民警瞪了他一下，翻开女人递来的结婚证，看了看，感到有点蹊跷，就问瑶瑶，到底是怎么回事。

瑶瑶说："民警叔叔，他们是人贩子，这个弟弟叫牛牛，我是他的姐姐！"

女人听到"人贩子"三个字，着急起来："别听这孩子胡说，民警同志，我们这孩子叫亮亮，是个傻子，见了小姑娘都要叫姐姐的。"

那黑脸汉子拍拍牛牛的脑袋，理直气壮地说："是呀，这个傻不拉叽的小孩，我们贩卖他，有谁要啊？"

矮个民警拉着牛牛的手，问牛牛叫什么名字，可牛牛眼睛呆呆的，什么话也不说。

高个民警觉得问题有点棘手，对矮个民警说："这小孩，脑子是有点问题。"

矮个民警点点头："是呀，怎么让他说话呢？"

一时间，两个民警都觉得有点束手无策。

瑶瑶看着他们，突然灵机一动，对两个民警说："叔叔，让我试试吧！"

说完，她点点牛牛的额头，说："老鸡骂小鸡，你是个笨东西，我叫你唱‘咕咕咕’,你偏要唱‘叽叽叽’。"她眼含热泪,又亲了亲牛牛的额头,说,"牛牛,我们开始学习吧。"她清了清喉咙念道,"一二三四五……"

就在这时,突然,牛牛的两只眼睛放出了异样的光彩,只见他挺了挺胸,拿腔拿调地念起来:"一二三四五,上山打老虎……"

两个民警被逗乐了,为牛牛的表演鼓起了掌。

这下,那两个人贩子失去了神气,变得语无伦次起来:"这个……那个……"最后只好老老实实坦白自己的罪行。

原来,那天牛牛逃出家后在马路上乱走,被这对男女注意上了,他们心想:真是得来全不费功夫啊,这男孩长得不赖,肯定能卖好价钱。于是,就特地买了块奶油蛋糕给牛牛吃,然后趁其不备把他抱走了。可是后来,这对人贩子发现牛牛是个低能儿,卖了几次都没能出手,正在公园里商量着怎么处置,却被瑶瑶发现了……

牛牛得救了,人贩子落入了法网。

(许志勇)

(题图:安玉民)

冤家对头

　　耿老头最小的闺女出去打工好几年了,这天打电话回来,说是要爹给她办一张未婚证明。

　　耿老头知道,开这种证明无非就是让村长二拐子给写几个字,盖个公章,再到乡里跑一趟,再盖个公章。可就是这样一件简单不过的事儿,却把一向能干的耿老头给难住了。为啥?因为前几天他刚刚和二拐子吵过一架。

　　二拐子平时做事太霸道,那天他硬把原本应该流到耿老头邻居家地里的水给截了,引到他自家的鱼塘里,生性耿直的耿老头看不过去,就出来替邻居打抱不平。说起来,二拐子还是耿老头的侄子,可吵起来就什么都不是了,他指着耿老头的鼻子直骂:"要你多管闲事?我看你神气多久?你再怎么神气,以后总有要来求我的一天!"耿老头眼一瞪,嗓门也不低:"我不吸毒,不犯法,求你小子个屁!"两人就这么结成了冤家。

现在,耿老头的老伴急了,想想如今闺女这事儿还真非求二拐子不可,村里的公章不盖,乡里的章子还怎么盖得上去?可说出的话等于泼出的水,收也收不回来,怎么办呢?她想来想去,只有开导自家老头子了,于是就对耿老头说:"我看你就不如破一回脸面算了,咱自个儿的脸面总不会比闺女的事儿更要紧吧?你就去给他赔几句小话得了!"

耿老头想想也只能这个样了,只好唉声叹气来到村东头二拐子家。

敲了好一阵门,没回应,耿老头扯着嗓子喊:"屋里有人吗?"

喊了好几声,二拐子的婆娘八辣子才磨磨蹭蹭来开门。八辣子有个兄弟在乡政府工作,二拐子就是靠这层关系才当上村长的,所以八辣子平时无论在家里还是村上,都威风得很。

八辣子冷冷地瞧了耿老头一眼,说:"几十岁的人也不晓事,有这么喊人的吗,像叫救命似的!"

耿老头气得脸色铁青,硬压着火,问:"二拐子在家吗?"

八辣子鼻子一掀,没好气地说:"谁知道他死在哪个角落,要找到村委会去找!"说完,"砰"的一声就把门关上了。

耿老头打定主意今天要把闺女的事办好,于是就只好在二拐子家院门外的小石墩上坐下来,一边抽着旱叶子烟,一边等着二拐子回家。可旱叶子烟抽了一袋又一袋,直抽到夜深了,露水都打湿了头发,还不见二拐子半个人影儿。这算是怎么回事?

耿老头围着二拐子家的外墙走了一圈,这才发现原来他家院子后面还有个后门,准是二拐子回来时瞧见了他的身影,于是就从这个门洞悄悄进了家门,故意不理睬他。现在这么晚了,怎么好意思再去敲人家的门?耿老头只好极不情愿地打道回府。

第二天,耿老头起了个大早,带了家里的小黑狗又奔二拐子家来了，他让小黑狗守住院子的后门，自己从前门一脚踏了进去。二拐子在屋子里被堵了个正着，于是干脆撒起泼来，洗脸刷牙，拉屎撒尿，就是不给耿老头好脸色看。

耿老头足足坐了半个小时的冷板凳，二拐子还是一副不理人的样子，耿老头只好开口说："完事了吗？二表侄，叔找你有事呢！"

二拐子板着脸反问道："谁是你表侄？"

耿老头原本还记着老伴要他忍气吞声的叮嘱，脸上硬是挤着一丝笑容，现在二拐子这句话一出口，就像点燃了炮筒子似的，他气得立刻跳起来吼道："那好，刚才算我放屁！咱现在打开天窗说亮话。你是村长，我是村民，村民找村长办事总行了吧？你给我开张我闺女的未婚证明。"

"未婚证明？"二拐子装腔作势地问，"你身份证、户口簿都带来了吗？"

耿老头眼一瞪："都一个村的，还要这东西干吗？以前人家办证咋没见你要这些？"

二拐子神气活现地说："那不行，既然是开证明，咱得按规矩办，你东西都不带齐全，还来求我开什么证明？"

谁知耿老头突然就"嘿嘿"笑起来："我说村长，你别以为村里就你一个能，告诉你，村民我今天早把东西准备好了，就防着你这一手哩！"耿老头变戏法似的立刻从怀里把二拐子要的东西摸了出来。

二拐子气得差点噎过气去，只好皱着眉头给耿老头开证明。

眼看事情就要办妥，耿老头正要谢天谢地，却见二拐子突然装模作样地浑身上下翻找起来。耿老头心一紧，问："你总不会对我说把村里的公章弄丢了吧？"

二拐子两手一摊："公章当然不会丢，可放公章的抽屉钥匙找不到了……哦，记起来了，可能是昨天去乡里开会，把钥匙丢在乡政府了。"

"你……"耿老头明知二拐子这是变着法子在对付自己，可又没辙，只好窝着一肚子气回家。见了老伴，他气呼呼地直埋怨："不开了，要开让你闺女自己去开。"

老伴问："到底怎么回事，你好好说嘛！"

耿老头胡子翘得老高，愤愤地说："这二拐子真不是东西，把我当猴耍！"

老伴劝他熄熄火："如今他是土地爷，你不求他，难道还要他来求你？刚才闺女又来电话催呢，咱还是想想办法吧！"

"办法？碰上这号无赖，能有什么办法？"耿老头气得一脚跨出门，找一帮子老家伙说话散心去了，直到吃晚饭时才回来。

当晚，夜已经很深了，耿老头带上小黑狗要出门，老伴问他干什么去，耿老头说："你不是要我想办法吗？"

老伴骂他说："天都黑了，你去想什么办法？你这是发神经呢！"

耿老头也不说话，转身就出了门。

过一会儿，耿老头回来了，进屋就张嘴笑，老伴觉得奇怪："你这是搞的什么名堂？"

耿老头朝她眨眨眼，说："你自己开门去看！"

老伴将信将疑地走过去，把门一开，就见月光底下，自家的小黑狗叼着一只皮鞋，正撒着欢儿地跑回来了呢！小黑狗进屋就把皮鞋往耿老头面前一放，老伴一看，这不是二拐子老爱在人前吹的他那什么牌子的鞋吗？

耿老头得意地对老伴说："你等着，那小子待会儿就会乖乖把证明给我送上门来。"

果然过不多久，门外响起一阵敲门声，是二拐子的声音："表叔，表叔，您开开门好吗？"

耿老头故意装出一副被吵醒了的样子，打开门，夸张地伸了个懒腰,一瞥眼,看到二拐子果真赤着一只脚,战战兢兢地站在面前。他忍住笑,惊讶地叫道:"原来是村长大人驾到,这么晚了,有何贵干?莫非是那证给我办妥了?"

二拐子完全没了往日的威风,急急巴巴地说:"都怪侄儿糊涂,我向表叔赔礼道歉,我马上回去把证给您办好,您就把皮鞋还给侄儿吧!"

"皮鞋?什么皮鞋?"耿老头装糊涂,"你白天丢钥匙,晚上丢皮鞋,死人还守着一副棺材板呢,你那皮鞋又没长腿,就是跑也只能跑到村西头去,怎么会跑到我这儿来呢?"

站在一旁的老伴一听耿老头说"村西头"三个字,这才知道准是二拐子刚才到村西头小寡妇家风流快活,被自家老头抓了个把柄。其实这事儿村里也有传闻,只是村民们都怕着二拐子,谁也不想多管闲事。

二拐子一个劲儿地向耿老头讨饶说:"表叔,您就别拿侄儿开涮了。您也知道,这事要捅到八辣子那里,侄儿准会被整得脱层皮。求求您,大人不计小人过,可怜可怜侄儿吧,侄儿我一定记着表叔您的话,从今往后堂堂正正做人。"

耿老头见二拐子把话说到这份上,反倒有点不自在起来,罢了,罢了,得饶人处且饶人。他对二拐子说:"我也是没法子想出来的馊主意,你不怪表叔吧?"

二拐子见耿老头松了口,灰白的脸色这才渐渐缓了过来。他接过耿老头老伴递过来的那只皮鞋,一边穿一边说:"谢谢表叔表婶宽宏大量,侄儿马上就去把证明给您老送来。"

半个小时之后,二拐子果然又折回来了,把证明递给耿老头,附着他耳朵说:"表叔,您真的救了我啦!刚才八辣子带了好几个人去小寡妇那里堵我,真是好险哪!"

(刘爱国)

(题图:谢 颖)

非凡旅程

　　富商巴克利先生最近有些烦,他的独生女竟然瞒着他报名参了军,并已经随部队去了一个小镇。

　　为了早日让女儿回心转意,跟自己回家,那天,巴克利提着一只棕色的手提箱,踏上了去那个小镇的列车。

　　巴克利找到自己的位子,发现对面已经坐了一对祖孙,那个老太婆满脸皱纹,她的右手在不停地颤抖着。旁边的孙女是个侏儒,矮小的身子上架着一个大脑袋,脸上生着鸟粪一样的黑斑,一头黄发还梳了一个冲天辫,看上去就和马戏团的小丑一样可笑。巴克利的脸顿时阴沉了下来,他把手提箱放在行李架上,拍了拍身上的名贵西装,然后一声不吭地坐了下来。

　　列车快启动时,一个穿着黑色风衣、留着小胡子的男人走进了车厢,这个人也提着一只棕色手提箱,把它放到行李架上,然后坐在巴克利身边。他说自己叫卡洛斯,在一家小公司里做推销员。巴克利觉得这个人很健谈,也很风趣,就和他聊了起来。

到了午餐时间,巴克利要了两份牛排,请卡洛斯一起吃,卡洛斯也从手提箱里拿出一瓶威士忌,说这是他们公司推销的产品,口味非常不错。

而对面的祖孙俩什么都没要,老太婆从一个破旧的手提袋中拿出一个面包,把它们一分为二,涂上果酱,给孙女一半,然后自己便吃了起来。但侏儒姑娘并没有马上吃手中的面包,她的眼睛直勾勾盯着桌上香气扑鼻的牛排,并不时用舌头舔着嘴唇。巴克利望着她,鄙夷地皱起眉头。

这时,一个面带微笑的年轻女乘务员走过来问道:"女士们、先生们,请问,这是谁的酒?"

卡洛斯连忙答道:"我,我的……"

"对不起,先生,这趟列车上是严禁饮酒的,我要没收你们的酒,直到列车到站为止。"乘务员微笑着说道。

巴克利火了:"老天,为什么你们女人老是爱管一些鸡毛蒜皮的事情呢?不管走到哪里,总有你们这些自以为是的臭女人在旁边,真是倒霉透了!"

乘务员还是面带微笑:"先生,不管怎么样,我还是要没收您的酒,如果您执意不交,那么,我只好叫乘警来把你们带走,到那时……"

"小姐,请不要这样做。"卡洛斯忙站起身,把那瓶酒塞给了乘务员,"这位先生只是在跟您开玩笑,请您不要介意。"

乘务员最终把酒拿走了,巴克利铁青着脸已没有胃口再吃牛排,他拿下自己的手提箱,靠着它打起了盹。卡洛斯好像也有些气愤,但他很快又冷静下来,拿起刀叉继续吃起牛排来。

巴克利醒过来的时候,列车已快接近终点站了,那个老太婆靠着车窗睡着了,侏儒姑娘则正瞪着两只大眼睛盯着巴克利看。巴克利瞥了她一下,然后又与旁边的卡洛斯聊起了天。

可是,就在他与卡洛斯谈笑风生之时,一个硬硬的东西突然顶在了他的肋下。紧接着,卡洛斯把嘴凑到巴克利的耳朵边,轻声说:"别动,继续跟我聊天,这是一把无声手枪,要活命的话,就把你的戒指和手表放到你的皮箱里,并在下车时提走我的那只箱子。不要耍花样,只要我的手指一动,你就会再次睡去。"

巴克利做梦也没想到,一直跟他侃侃而谈的人竟是个抢劫犯!这次旅程真是糟糕到了极点,巴克利没有法子,只好按照卡洛斯说的做。

列车还在飞快地行驶着,没有人发现这里有什么异样。巴克利对面的老太婆依然打着盹,侏儒姑娘依然瞪着两只大眼睛,一会儿看巴克利,一会儿看桌上的牛排。突然,她伸出手,用手指不停地敲击着桌面,发出了鼓点一般的声音,还跟着节奏晃动她的大脑袋。

那个老太婆慢慢醒了过来,对她的孙女呵斥道:"看在上帝的分上,你不要再玩这种游戏了。我去一趟洗手间,你不要乱跑,在这里等我。"说完,她颤巍巍地走出了车厢。

侏儒姑娘停止了她自认为很好玩的游戏,不过并没有把手从桌子上拿开,而是慢慢地移到了盘子旁边,猛地抓起了巴克利的那份牛排,整块塞进嘴巴里,大嚼起来。巴克利现在自身难保,只好任由她"趁火打劫"了。

谁知,更意想不到的事发生了,侏儒姑娘可能是由于吃得过猛,像是被噎住了,剧烈地咳嗽起来,最后竟"噗"地一下把嘴里嚼碎的牛排全部喷了出来,不偏不倚地喷到了对面两位体面的先生身上。顿时,他们的衣服上和脸上到处都是油腻腻的牛排渣子,恶心极了。车厢里的人都把目光投向这边,并笑出了声。

卡洛斯被这突如其来的变故搞得不知所措,他对着那侏儒姑娘吼道："该死的,为什么那块牛排没把你噎死?"

侏儒姑娘被吓坏了,低下头,大气都不敢喘一下。

"噢,两位先生,真是对不起,她还是个孩子,原谅她吧。"那个漂亮的女乘务员又出现了,"我们的列车上设有洗衣间,并配有快速烘干机,你们把上衣脱下给我,十分钟就可以处理妥当。"

巴克利刚要脱衣服,卡洛斯却说:"不,不,不要紧,谢谢您的好意,车就要到站了。"他用一只手掸了掸身上的污垢,瞪了一眼巴克利,"我们都不介意,是不是?"

巴克利只觉得那支顶着他的枪又被推了一下,于是赶忙把手放了下来,然后从脸上挤出一丝笑容,点了点头。

这时候,去洗手间的老太婆回来了,看到眼前的一切,立刻明白发生了什么事。她把侏儒姑娘从座位上拉起来,命令她给对面两位先生道歉,可侏儒姑娘死活不肯。老太婆无奈,只得自己掏出手帕,一边擦着卡洛斯身上的牛肉渣,一边说:"真是太对不起了,先生。我看您还是听服务员的话,把衣服洗一洗吧。"说着,她像是要给卡洛斯脱风衣,将他的风衣领子往身后一翻。说时迟、那时快,身边的女乘务员顺势将他的衣领抓在了手中,猛地一拽,人们还没有看清是怎么一回事,女乘务员已经闪电般地用那件风衣捆住了卡洛斯的双手,一下子把他制服了。

在乘客们的赞叹声中,列车终于进站了。巴克利与祖孙两个一起下了车,他走到老太婆跟前,从手上摘下钻戒,昂首挺胸,一脸严肃地对她们说道:"虽然你们两个是不经意之间帮了我的忙,但我还是要谢谢你们。我身上的现金是有用处的,这枚戒指价格很昂贵,算是酬谢,今后我们谁也不再欠谁什么。"

侏儒姑娘把手伸向戒指,用手指轻轻地摸着它。

巴克利轻蔑地哼了一声:"不要摸了,这是真正的钻石!"

可是侏儒姑娘并没有将戒指拿走,她冲巴克利笑了笑,然后转身跟着奶奶走了。巴克利手拿戒指站在原地,愣愣地目送着她们走出了车站。这时,一辆警车停在了他的身边,只见刚才的那个女乘务员已经换上一身警服,押着卡洛斯向这边走过来。

巴克利铁青着脸对卡洛斯说道:"先生,我为你的行为感到羞耻,万分的羞耻!"

卡洛斯阴笑着说:"今天你真是太幸运了。知道吗?你还没有上车我就盯上你了,"他指了指旁边的女乘警,恨恨地说,"要不是这个女人把那瓶迷魂酒拿走,现在你也许连返程车票都买不起了,哈哈哈……"

卡裕斯被押上警车,带走了,女乘警告诉巴克利,这趟车上经常有抢劫案发生,所以她才化装成乘务员在车上巡逻,今天终于让她破了这个案子。巴克利敬佩地说:"像您这样的女中豪杰真是不多见,您身手太棒了。"

女乘警笑着耸了耸肩:"这没什么,我以前是特种兵出身。不过,真正的英雄却不是我。还记得坐在您对面的祖孙俩吗?那个老人曾是二战时期的发报员,她那只总在颤抖的手就是这个职业留下的后遗症。那个侏儒姑娘是个聋哑人,但她懂得唇语,所以能看到人们听不到的声音。她与奶奶生活多年,对发报也很精通,经常用这种方式与奶奶交流。是她发现了当时的一切,然后用手指敲击桌子向奶奶发出了警报,还想出了解救您的办法。她奶奶说是去洗手间,其实是来找我,以后的事想必您已经很清楚了,您应该好好谢谢她们。"说完,女乘警转身走入了人群之中。

巴克利在这个小镇逗留了一天,但他没有去军营说服女儿,而是去寻找那对祖孙,可他找了一天也没有找到。当天晚上,巴克利乘最后一班车离开了小镇。一回到家,他就去订了一桌大餐,和全家人一起庆贺女儿光荣入伍。

(李　健)

(题图:箭　中)

以 牙 还 牙

一切朋友都要得到他们忠贞的报酬,一切仇敌都要尝到他们罪恶的苦果。

医 斗

　　登州有条城南大街，街上相距百米有两家大名鼎鼎的药铺。一家"济仁堂"，老板姓李，自称得神医李时珍亲传，擅断各种疑难杂症；另一家"华记医馆"，门面稍小些，主人姓华，以治疗跌打损伤、接骨正骨见长，据传是名医华佗的后裔。

　　俗话说，同行是冤家。不过这两家药铺因为各有所长，用现在的话来说，一家是内科，一家是外科，病人各择所需，几十年来倒也相安无事。

　　话说李家公子李密，从小聪颖过人，尽得父亲真传，长大后又遍访名医，拜师学艺，医术已不在其父之下。李掌柜年事渐高，这一年便把济仁堂生意交给李密打理，自己回老家享福去了。没想李密待父亲走后，立刻择一黄道吉日大放鞭炮，将挂了几十年的济仁堂牌匾取下,换上镏金新匾"赛华佗"。

此匾一挂出,司马昭之心路人皆知,登州城顿时举城哗然,大家议论纷纷:一山难容二虎,李家公子这是要向华家叫板了!原来,李密素有野心,见华记医馆和自己"平分秋色",心中早就不满,决心将华家挤垮,独霸生意。这几年他寻访名师,学的就是华家擅长的接骨正骨的医技。

这边牌匾一挂,华家那边自然就知道了,出人意料的是,华大夫非常平静,还郑重其事地派人给李家送来贺礼。华家避而不战,虽说场面上落了下风,但生意却未受多少影响,毕竟几十年打下的根基,登州府的老百姓碰上断腿断胳膊的,首先想到的还是华记医馆,这让李密看在眼里,急在心里。

这天,华大夫刚打开店门,有两个壮汉咋咋呼呼地抬着个目光呆滞、口角流涎的病人闯了进来。一个壮汉说:"大夫,这人被仇家捉去,不知怎么弄的,回来后就成了这个样子,他耳朵好像聋了,你快救救他吧!"

华大夫是祖传骨科,治疗跌打损伤有一套,对付这等疑难杂症就头疼了。他一看病人这样子,忙说:"别耽误了,快送他去济仁堂……不,赛华佗去,这等疑难杂症老夫不在行。"

那壮汉闻听,勃然大怒:"不在行还开什么医馆?干脆把牌子摘了烧火算了!今天你要治不好我兄弟,我就把你铺子拆了。"

华大夫争辩说:"天下没有包治百病的大夫,我已给你们指明了去处,二位请便!"

壮汉哈哈狂笑:"庸医!看我怎么砸你的牌子!"说罢跳起来奔到门口,就要动手。

华大夫气得浑身发抖,这牌子一砸,几十年的声誉就要被毁于一旦,他不顾一切地冲上去拦阻,却被那壮汉随手一推,摔倒在地。

正在此时，旁边传来一声断喝："住手！我来治！"

两个壮汉一愣，见喊话的不过是个十六七岁的少年，青衣小帽，是药铺的小伙计华英。

华英将华大夫扶到椅子上坐下，低声说："先生，让我来试试。"说罢，他取出一根金针，径直来到病人身边，将金针探进病人左耳，慢慢地转动，片刻后取出，就见金针上附着点点水银珠。华英说："先生，他的左耳是被灌进了水银。"

那两个汉子对看了一眼，脸上露出惊诧之色，华大夫在一旁又惊又喜。

片刻后，华英用金针将病人左耳中的水银吸附干净，然后拿针再探右耳，可是金针却被硬物挡住。华英仔细一看，说："先生，他右耳灌进的是铅水。怪了，是谁这么狠毒？"

病人左耳已通，此时听清了华英的问话，愤愤地说："我也不知道，前天，我半道上被人用闷棍打晕，醒过来后就成这个样子了。"

华英将刚才从病人左耳中取出的水银全数灌入他的右耳，凝固在耳中的铅块与水银相遇，不一会儿就融化成水流了出来。那两个汉子见状，神色大变，趁他们不注意，偷偷地溜了。

华大夫终于舒了一口气。不过，他的脸色立刻沉了下来，问华英道："你医术挺高呀，是在哪儿学的？你到我这儿是不是另有所图？"

华英是两年前华大夫收留的一个小乞丐，当时因为又累又饿晕倒在药铺门口，华大夫无儿无女，见他可怜，长得又聪明伶俐，问明他是个孤儿后，就给他改名华英，留在身边当了药僮。而且就在几天前，华大夫将自己祖传的接骨秘方交给了华英，华英今天突然露了这么一手，怎不令他心生疑窦？要知道，这些年来有多少人想方设法要得到他的祖传秘方啊！

只见华英"扑通"一声在华大夫面前跪了下来，说："先生，您误会了,您待我恩如父母,我哪敢有所企图? 这是……是我以前在一本捡到的医书上学的。"

华大夫自然不信,他沉吟半晌,突然起身进屋收拾了一个小包袱,拿出来扔到华英面前,说:"你一定有些来头,不过你今天帮了我的忙,既然你不肯说,我也不多问了。这里有点盘缠,你拿了现在就走吧!"

华英见华大夫要赶他走,忙央求说:"先生,求您再容我多住几天,这些人可能是李家派来捣乱的,我怕他们还会再来找您的麻烦。"

华大夫傲然一笑:"我素不爱与人争名夺利,既然他不容我,大不了我回乡下种田去。"

华英还欲开口,华大夫却态度坚决。无奈之下,华英只好含泪告别。

过了两日,华记医馆又拥进一群人来,为首之人说:"华大夫,救命!"

华大夫见他们抬进来的这个病人浑身上下全无血色,忙问:"怎么回事?"

为首之人说:"大夫,这人被逼吞下了几十条活水蛭。"

华大夫心中一惊:病人全无血色,原来是水蛭附在他胃壁上吸血的缘故。可是,这等奇怪的病症他从来没治过,当即说:"快,你们赶快把病人抬到赛华佗那里去,让李大夫治。"

这帮人又是跟上次一样,非要华大夫救人,否则就要拆医馆牌子。那个为首之人还大声嚷嚷道:"你那个小伙计哪里去了?叫他出来再露一手给我们看看!"

华大夫心中明白了:果然是李密又派人找茬来了。

正为难之际,从外面进来一个人,华大夫抬头一看,正是李密。

李密笑嘻嘻道:"华伯伯,听说您遇到麻烦了?"

华大夫看他一眼，说："这里有个病人，老夫医术不精，惭愧得很，想送他到你那儿救治，可他们……"

李密哈哈大笑："华伯伯，那就是您的不对了，我们做大夫的哪有强送病人出门的道理？"

华大夫心中火起："难道你们赛华佗就能包治百病？"

李密咄咄逼人："包治百病不敢说，不过您治得了的我能治，您治不了的我也照样能治。病人既然上了我的门，我就绝不会往外推。"

"你……"华大夫正欲争辩，突然见病人呻吟不止，心里不禁一个"咯噔"：得趁早诊治，否则要出人命。于是，他强咽下一口气，道："贤侄青出于蓝，我万分佩服。眼下救人要紧，还是请贤侄赶快出手吧！"

李密也斜了病人一眼："救他自是小菜一碟，不过……"

华大夫自然明白李密的意思，咬咬牙，黯然长叹一声："行，从今以后，我华记医馆关门，我搬出登州城去。"

李密就等他这句话呢，当即喜上眉梢，对他的那伙人说："华大夫既然这么说了，你们也没有必要硬拆人家的牌子，把病人抬到我们赛华佗去吧。"

众人得了指令，于是口中对华大夫冷嘲热讽着，抬起病人就要往外走。

没想就在这个时候，迎面却被一个人拦住了去路，大家定睛一看，来人正是华记医馆的那个小伙计华英。

华英不卑不亢地对李密说："李公子，请把病人留下。"

李密顿时瞪圆了眼睛，呵斥道："小乞丐，我正想找你算账呢！你小子吃里扒外，拿着我的钱，是不是又想来坏我的事？"

华大夫在一边闻听，大吃一惊："华英，难道你来我这里，是他指使的？"

华英点点头，说："是的，先生，我的确是受李公子的指使，才到你身边来偷艺的。"

华大夫一股热血直冲脑门,指着李密骂道:"你真是卑鄙!"

李密却丝毫不以为耻。原来,李密早就对华家接骨正骨的祖传秘方打起了主意,两年前,他在出门拜师途中遇见小乞丐,见他生性机灵,便心生一计,许以重金让其打入华家,伺机偷学秘方。

可谁知此时,华英看着李密,脸上却显出一丝怪笑:"李公子,你只知道我是个乞丐,可不知道我的真实身份吧?告诉你,我也姓李,我的爷爷叫李时珍。"

此话一出,华大夫和李密都惊愕不已。

华大夫半信半疑地问:"你真是神医之后?"

华英点点头,看了看病人,对华大夫说:"先生,我的事情一会儿再说,我需要一罐蜂蜜,先给病人清除腹中的水蛭。"

华大夫赶紧差人去取蜂蜜,尽管他心里疑虑重重,但知道眼下总是先救病人的命要紧。

可李密的脸色就不对了,自打听说华英是李时珍的后人,就显得十分坐立不安,尤其听华英说要蜂蜜,顿时就脸色煞白:水蛭遇蜂蜜就化为水,这正是自己家中那本珍贵的医书上所记载的。难道他真是李时珍之后?李密的额头不由渗出一层密密的汗珠。

只见那病人喝下蜂蜜后,不到喝盏茶的工夫,呻吟之声便由强转弱,显然痛苦顿减。

华英这才对华大夫说:"我来登州的目的,是要找回我爷爷留下的一本医书。我们李家世代行医,我爷爷将他的行医心得记录成书,没想后来却被身边的一名药僮盗走,这名药僮几十年来不知所踪,我一直在寻找他。两年前,听说登州出了神医,我才追查到这里。"

华大夫问:"那你现在这本医书找到了没有?"

"书在哪里,这位李公子应该很清楚。"华英抬臂一指李密。

李密一愣:"你胡说什么?我怎么会知道?"

华英说:"没想到仅凭我爷爷写的一本医书,你的父亲就成了名医。起初我见你们是用来治病救人,也就算了,没想到你现在仗着一点小技,不顾病人痛苦,想独霸医市。现在,请你把医书物归原主吧!"

李密对家中这本医书的来历自然清清楚楚,可他哪里舍得归还,冷笑一声,抬腿就走。

华英也不拦他,只是冲着他的背影大声说:"你想找我的话就来,我会在这里恭候。"

众人随之也跟着走了。

华大夫站起来,恭恭敬敬地对华英说:"原来真是李先生之后,老夫失礼了。"

华英却拜倒在地:"不,先生,失礼的是我,我实在不该对先生隐瞒。这两年我从先生这儿学到了不少医术,先生几天前还以家传秘方相赠,慷慨无私,学生深感高义。现在,是物归原主的时候了!"说着,他从随身带着的包袱中取出一本小册子,双手举过头顶。

原来,华大夫为李密所逼,深知李密心狠手辣,不达目的不会罢休,他怕连累华英,才故意把他撵走。并且,他深知华英天性善良,决无害己之心,当时就把祖传秘方悄悄放在包袱中交给华英,盼他以后能好好继承自己衣钵。

谁知华大夫却不接手,说:"真是惭愧得很啊,就我这点医术,还班门弄斧,不提也罢……对了,你刚才说李密会来找你,这怎么可能呢?"

华英笑道:"先生放心,刚才说话的工夫,我已在李密身上下了药,两天以后,等药力发作,他身上就会奇痒难耐,到时候自会带着医书来找我。"

华大夫一听,不由哈哈大笑:"好哇,是该让他吃点苦头了!"

果然,两天后,李密被家人抬着来了,浑身上下已被抓挠得鲜血淋漓。见到华英后,李密双手捧着医书,跪在地上痛哭流涕。

华英说:"医书原本是用来治病救人的,你却霸在手里用它做敛财的工具。今天我也跟你学一学,你若是想让我给你治病,就先回家取一千两银子来吧!"

李密不敢怠慢,赶紧命人取来银子奉上。

华英这才道:"想止痒其实很简单,只需用猪苦胆泡水,连洗三遍,身上就不痒了。"

李密气得差点没当场翻白眼:这么一句话,就值一千两银子?

后来,华英把一千两银子连同医书一同交给华大夫,说:"先生可以用这银子把医书翻印了,让普天下的大夫都能读到它。造福苍生,这才是我爷爷写医书的本意啊!"

华大夫感动不已,翻印医书的时候,把自己华家舒筋活血、生肌接骨的祖传秘方也同时印了,随医书一起散发……

(黄　胜)

(**题图:**黄全昌)

梁上君子

赵五可是明末清初著名的书法家,为人十分孤傲,清兵入关后,广罗天下人材,他却屡次拒绝出山为官。

这年,钦差大臣张多福奉旨到汉南视察民情。说到张多福其人,朝廷上下无人不晓,是个鼎鼎有名的大贪官。他贪名、贪财、贪色,胸无点墨,却爱贪名人字画。他早就听说赵五可书画有名,因此打算趁机索取。

一路南下经过济阳,张多福到了县衙。知县连忙出衙门迎接,没聊几句,张多福便将话题扯到赵五可身上,挑明了来意。

知县面露难色,憋了半天,才道:"大人有所不知,赵五可有些迂腐,向来不爱给富人官吏题字作画,此事不一定能办成。"

张多福把脸一沉,说:"我亲自上门去求!我乃堂堂钦差大臣,谅他也不敢违命。"

用完酒事,知县便陪张多福坐轿去几里外的赵五可家。可赵五可不在家,问赵妻他去了何地,何时回家,赵妻答说丈夫生性散漫,出门从不说到什么地方,也不知道什么时候回来。张多福气哼哼拂袖而去,知县吓得浑身筛糠似的直哆嗦。

其实赵五可是有意躲开的。他有个做豆腐的朋友到县衙送豆腐时,偶然听说了张多福的来意,便说给了赵五可听。赵五可匆匆吃了饭,便离家出走了。他乘船而下,来到几十里外的一个好友家。他想钦差奉旨到汉南,肯定不能在本地多逗留,钦差一走,自己再回家。好在他的朋友也是一个读书人,每天两人谈诗论文,作画写字,日子倒也过得自在。

一天,赵五可想外出看看山光水色,朋友便撑船沿河而行……忽然传来小孩的啼哭声,赵五可叫朋友撑船去看个究竟。哭声是从一只泊在岸边的小船中传出来的,船舱中坐着一个老婆婆,怀里抱着一个两三岁的小孩,小孩不停地哭着。

赵五可上前询问,老婆婆抹着泪说:"我儿子和媳妇一年前病故了,留下这个孙儿由我抚养,一个月前这孩子不知何故,整天哭哭啼啼,饭也不肯吃,眼看是好不了了。我老婆子现在只剩下这一个亲人了,本指望将他养大成人,谁知……"

赵五可说:"没找个郎中给看看?"

老婆婆说:"找了,可是医不好。"

赵五可从身上摸出几两银子,递给老婆婆,安慰道:"老人家不要太伤心,再找别的郎中看一下,也许能医好。"

老婆婆道:"谢谢先生的好心,我家中倒不缺银两。看二位的打扮气质,像是读书人?"

赵五可点点头。

老婆婆连忙跪了下来,道:"请先生救我孙儿一命!"

赵五可吃了一惊,他忙搀扶起老婆婆,道:"老人家有话请讲,我若能帮上忙,一定尽力!"

老婆婆说:"有个算命的先生说孩子犯了哭煞星,吃药是吃不好的,须找人给写诗挂在村头,让过往行人读一遍,病就自然好了。而我孙儿犯煞特别厉害,一般人写诗不行,让我到河边等候,如果十日内有读书人主动上前询问,请他写诗就能救我孙儿一命;过了十日,我孙儿命就保不住了。今天是第九天,把我都急坏了,终于盼到了大救星。请先生发发慈悲,写上一首诗。"

赵五可说:"小事一桩,不知怎么个写法?"

老婆婆说:"天黄黄,地黄黄,我家有个夜哭郎,过往君子读一遍,一觉睡到大天亮。"

赵五可以前也听过此诗,便说:"老人家,可有纸墨?"

老婆婆说:"我早已备好。"说罢将孩子放回船舱,取出了一张大红纸和笔墨。

朋友帮赵五可磨好墨,赵五可当即提笔写了起来。写罢,老婆婆千恩万谢,抱着孙子给赵五可叩了三个头,赵五可便与朋友撑船离开了。

赵五可说:"幸亏被狗官逼到这儿,救了这个小娃娃一命。"

朋友打趣道:"他可真有福,能得到你大名人的题诗,那病好得更快了。"

半个月后,有人前来报信,说钦差大臣张多福已经走了,赵五可不由出了一口气,于是连忙打点,辞了朋友,回到家中。可是没过几天,一个消息把他给气坏了。

原来,空手而归的张多福回到县衙,大发雷霆,责骂知县无能。知县惟恐得罪他,便绞尽脑汁地想对策,对张多福说,他要叫赵五可给题个匾。张多福听了知县的奸计,居然破怒为笑。那个老婆婆即是计划的实施者。知县得了赵五可的诗,交给了张多福,让其选取其中"天地君子"四个字制匾。张多福喜出望外,对知县大加褒奖,声称如有机会,将在皇上面前替他美言。

本来这事是没几人知道的,谁知送走张多福,知县心情特好,就多喝了几盅,吐了真言,此事便传了出去。

赵五可咽不下这口气,可又无计可施。一日,正在家中喝闷酒,做豆腐的朋友来家,听说此事,安慰道:"赵先生不必气恼,他们能骗,我们也能偷。我去将先生的诗偷回来。"

这豆腐朋友做过贼,功夫十分了得,曾光顾过赵五可家,被其感化,到后来两人竟成了忘年之交。赵五可闻言大喜,就委托豆腐朋友在张多福返京路上将诗偷回。

却说张多福回京后,到皇上那儿复了圣旨,回到家中,马上让人用高档的紫楠木制成精致的匾额,悬挂在中堂的大梁上。

张多福择了个黄道吉日,大摆筵席,请来了众多的同僚和文人雅士,来欣赏匾额。众人到齐之后,张多福得意洋洋地说:"此番出京,巧遇赵五可,他十分敬重下官,非要给我写个匾不可,下官虽然百般推辞,他还是挥毫题字,下官真是受之有愧啊,赵五可不愧是大家,其字遒劲有力,风采夺人,下官不敢独赏,今日特请各位一饱眼福。"说完,他一拉丝绳,绸布落下,匾上金光闪闪的大字便露了出来。

众人抬头望去,脸上显出不解之色。张多福不由一愣,顺势向上一看,不禁大惊失色,只见匾上只有"君子"二字,却不见了"天地"。来宾中有人随口评说道:"这'君子'二字悬于梁上,大大不妥,岂不成了梁上君子?"众人听了,想忍却没忍住,都偷偷笑了。张多福气极败坏,连忙让人将匾取下来。

这事,没多久就在京城里传得沸沸扬扬。张多福一气之下,得了一场重病,虽经名医诊治,却还是落下了病根,从此行走只能让人搀扶,狼狈不堪,而济阳知县也被张多福削职为民。

(陈雪松)

(题图:俞耀庭)

棋　　呆

　　清朝乾隆、嘉庆年间，棋风盛行。

　　浙江海宁有个棋手，名叫范三，一迷上棋盘就撒不开手了，一家老小衣食无着，他也不闻不问。没办法，老婆只好靠给人家做针线活维持全家生活。他们有个儿子，那年才两岁，老婆说："你活不干，总不能孩子也不带吧？"于是，范三就只好走到哪里把儿子带到哪里。

　　范三的儿子虽然生得眉清目秀，神情却是木木的，像棋子似的，往那儿一摆非常省心。范三下起棋来忘了吃、忘了喝，他儿子也就大半天不吃不喝不屙不尿，光是呆呆地看着那棋盘。旁边人看这小孩一天到晚不出声，就喊他"棋呆"，日子久了，棋呆就成了他儿子的名字。

后来棋呆长到四五岁的时候,有一回,范三与人家下棋,无意中走错了一步,棋呆竟在一旁比比划划,支出的招竟是出人意料的高,不仅旁人看呆了眼,就连范三自己也张了半天嘴没合拢来。棋呆长到十四五岁的时候,他的棋艺已经远远超过了范三。

此时,京城棋风更盛,范三的老婆眼看儿子走了和他爹一样的路,也奈何不得,正巧京城有个爱下棋的老爷要个棋童,便把儿子送了去,巴望他能在老爷那儿混出个人样来。谁知棋呆到了老爷家,与老爷对了几盘,就没再把老爷放在眼里。

这天,老爷府上来了个太监,说是王爷要上门来"手谈"。

所谓手谈其实就是下棋,棋呆长这么大,还是第一回见王爷,心里不免有些紧张。可待得老爷的棋盘一摆开,双方的棋阵一布下,他的心思就全在棋上了,王爷喜欢浪战,大刀阔斧,先就赢了一局,老爷也不甘认输,沉沉稳稳地给扳回来一局。

到了第三局,谁也不轻易下子儿了,都小心翼翼地防着对方。该老爷出子儿的时候,看着他举棋不定的样子,棋呆在一旁有些不忍,就给他支了一招。谁知就这一招,王爷就怎么也扳不回去了,最后只好输在了老爷手里。

送走了王爷,老爷一脸愁云地把棋呆叫到跟前,责备说:"你小子心眼儿太实,跟王爷下棋,得给他留着脸面儿,今天你这一招高是高,可你让他的脸面儿往哪搁? 你别以为我没辙,我那是让着他。"

棋呆就有些恼:"下棋能赢不就得了? 要顾脸面,您干脆就别跟王爷下了。"

老爷叹口气道:"唉,时间长了你慢慢会明白其中的奥妙。不信你看着吧,王爷输了这盘棋,我府上从此就别想太平了。"

棋呆还是一脸茫然,老爷无心和他细说,便顾自进了内房。

第二天,王爷又要来手谈,这回老爷关照好了,棋呆在一旁只准看不准插手,否则就把他赶回家去。果然,老爷这回就把王爷伺候得高兴了,输给了他却还没让他看出来是故意让了他的。

棋呆实在不解:下棋就是要分个输赢,如果谁官大谁就一定要赢,那天下只有一个皇帝,天下人就都不赢棋了?棋呆越想越觉着没意思,没等老爷赶,他自己第二天就决定回老家了。

棋呆正要上路,王爷来了,还带了四个棋手。老爷认得,这四个棋手都是称霸京城的国手,现在被王爷豢养在府里的。

王爷刚落座就发话道:"我今天就来个'坐山观虎斗',就让他们四个和你这个小棋童操练一回!"

老爷战战兢兢地回道:"王爷,这个小棋童是我刚从乡里买来的,忒嘛不懂,只会提茶续水。"

王爷"嘿嘿"一声冷笑:"树叶再稠不挡鹰眼,我早已看出你这里是藏龙卧虎之地。你这个棋童是个大大的高手,怎么样,就让他们见见高低吧,我也开开眼界。"

老爷还想分辩,王爷摆摆手,老爷只得住口。

棋呆倒是显得不慌不忙,问道:"怎么比?是车轮战,还是同时下?"

王爷一愣:"你真以为你是龙虎之辈?"

四个棋手也哈哈大笑,中气之盛,声震屋瓦。

此时,就见棋呆一扫往日呆样,不卑不亢道:"王爷,您误会了,我只是不想耽误四位前辈的时间,才提出和四位同时下的。"

"那好。"王爷说,"这是你自找的,到时候可别说是我们欺负你。"旋即,他吩咐成扇形摆上四张棋桌,棋呆居中,四个棋手眈眈相向,如同群狼围住了一只小羊。

老爷嘴上不说什么,心里却直打鼓。

开局后,棋呆出手极快,举重若轻,举棋不悔,四个棋手开始还神气活现地互相挤眉弄眼,到后来就渐渐招架不住了。王爷脸色很难看,他原本是想来出一口前天输棋的恶气的,没想这四个家伙就这么不顶用,真恨不得一脚把这几个窝囊废踹出门去。

此时,老爷的脸色也好看不到哪里去。老爷是担心呢:这事儿怎么收场？横竖难做人呀！

正在这时候,就见棋呆微微一笑,站起来说:"四位前辈,小的要出去净手了。"

四个棋手正巴不得他出去,好有机会商量对策,于是鸡啄米似的连连点头说:"你去,你赶快去。"

棋呆出得客厅,老爷随即跟了出来,拉起他就一路拐角从偏门走了出去。一辆双轮马车已经等在那里了,老爷对棋呆说:"不要管输赢了,你快走吧,京城不是你呆的地方。以后老夫从官场上退下来,咱们后会有期！"

棋呆还想说什么,老爷一把把他推上马车,"驾——"随着车把式一声鞭响,马车辚辚而去。

老爷给自己定定神,然后硬着头皮回到客厅。

只见四个棋手还在那里绞尽脑汁地冥思苦想,王爷急得在客厅里从这头踱到那头,嘴里"叽里咕噜"地骂着:"我真是白养了你们这帮家伙,搞得我多少江河都过去了,今天竟会在这小小的阴沟里翻船！"

这时,有一个棋手突然高兴地大叫起来:"我真昏头了,这棋不是和了吗?"大家定神一看,果然和了;其他三个棋手于是各自看自己的棋局,竟也和了。

四个棋手一时兴高采烈,王爷却觉得这事儿有点蹊跷,他对着四个棋盘仔仔细细看了又看,忽然看出了名堂:"你们这帮混蛋,你们把这四个盘连起来看看吧！"

原来,每个棋盘上都黑白分明地用棋子儿排着一个字,连起来就是:天外有天！从此,棋呆的名气大大响了起来,人们不叫他棋呆,叫他"棋圣"。

（王洪震）

（题图:黄全昌）

店　规

　　清朝道光年间,安徽屯溪有家"裕明茶庄"。茶庄老板叫胡明启,操持大半生,把茶叶生意打点得十分兴隆,在各地总共开了七七四十九家分号。

　　胡明启生意虽然做得不错,子嗣却不旺,年近五十时才得了个独生子,取名清山。胡清山十分聪明,从小跟随父亲,店里店外的事情早已知晓了不少。

　　道光 20 年,外夷入侵中华,沿海地区人心浮动,影响了生意。秋天,胡明启火气攻心,加上感染风寒,一病不起,入冬,人就不行了。他将年方十八的胡清山唤到跟前,感伤地说:"儿呀,爹为你置办了偌大家业,可是你小小年纪,如何担得起这副……"

　　胡清山说:"爹爹尽可放心。这'裕明'只会越来越旺盛。"

胡明启流下一串眼泪，无奈地点点头，一口气没上来，就撒手人间。

办完了丧事没多久，就到了腊月十七。这是各地分号掌柜汇集屯溪报总账的时候。胡清山在母亲的陪同下，一一听取各号掌柜的报账。五天后，账报完，也已进了小年。因胡明启刚刚去世，所以没像往年那样大办酒席犒劳四十九位掌柜，只是在赠送的年礼上格外丰厚。

送走了四十九位掌柜，胡清山捧起厚厚的账册仔细审看。这一看就看出了问题：福建裕明虽也盈利，但是却比其他商号少一大截。其掌柜陈近荣在报账时说，是因为外夷发动战争，影响了茶叶生意，并有信札给过东家。胡清山翻看了爹爹留下的信札，里面确实有陈近荣所报的情况，但是他总感到这里面似乎有什么地方不对劲。

胡清山决定对福建的裕明进行暗访。清明节给父亲扫完墓后，胡清山就带着仆人胡三赶到了福州，行前没跟任何人透露。到了福州，他直接去了裕明茶庄。

胡清山进得店堂，立即有伙计迎上来，笑着问："这位小爷，您来点什么？"

胡清山问："有正宗的黄山明前茶吗？"

"有有有，刚刚从屯溪快马运来的。"

"好，来一斤。"

胡清山将包好的茶叶拿回旅店一看，不禁大惊。这茶叶根本不是明前茶，而是雨前茶。虽说两种茶叶采摘的时间仅仅相差半个月光景，可其价格却相差三成左右，因为明前茶采自清明前，是当年第一茬的茶叶，是要采茶女用指尖一叶一叶地采摘的，产量很少。而雨前茶则是在茶树枝叶快繁盛时采摘的，叶已显大。如果不是内行或品茶高手，是很难将两者区分的。

胡清山气得一拍桌子，骂道："混蛋！"

胡三吓得不知所以,忙问:"少东家,怎么啦?"

胡清山一指桌上的茶叶,说:"陈近荣是在砸裕明的牌子啊!"

这胡三对茶叶也知个一二,看了看茶叶,说:"这是雨前,而且是二茬的雨前。怎么,他们竟敢骗到少东家头上?"

胡清山冷笑道:"他们看我是一少年,又不是常客,就无所顾忌。"

胡三愤愤地说:"老东家待陈掌柜不薄啊。少东家,没说的,按咱们的规矩,开了他!"

"不,"胡清山思索着说,"他们将雨前充明前,那上等的明前卖给谁了,又能卖多少价钱呢?"

接下来的几天,胡清山带着胡三明查暗访,终于查出这陈近荣是将上好的茶叶,包括屯溪的绿茶、祁门的红茶,通过当地的帮会偷偷卖给了英国商人,又从英国商人那里换回了大量的鸦片,从中谋利。

掌握了证据,胡清山又来到裕明茶庄,他不动声色地要了两斤明前茶。当伙计将茶叶递上来后,他问道:"这可是今年的明前?"

伙计答:"没错,我们裕明是童叟无欺的老店。"

胡清山将茶叶"啪"地掼到地上,说:"说什么童叟无欺,你们这分明是雨前茶,怎么敢说是明前茶?"

伙计知道今天是遇上懂行的了,随即堆上笑,说:"小爷,您息怒。这都是我们一时疏忽,拿错了。您稍候,我们这就给换了。"

胡清山说:"不必了。按裕明的店规,你们都离开这里吧!"

众伙计一听,不知怎么回事儿,你看我、我看你,像是被钉子钉住,一动也动不了了。再看看眼前这人,不过十几岁,怎么说话这么大的口气?早有腿快的,跑到里间向掌柜陈近荣汇报了。

陈近荣在裕明干了十几年,什么人都遇到过,其中不乏专门来砸店的混混儿,所以养成了一副处事不慌的气质。此时,他听了伙计的报告,根本没当回事儿,心说:这不知是哪家的公子哥,闲来无事,跑我这儿逗闷子来了。但是裕明有规矩,出了事儿只能由掌柜的亲自出面来摆平,于是搁下烟袋,迈着八字步晃晃悠悠地走了出来。还没露面,先隔着布帘扬出了长声:"得罪了哪位爷啊———"

声落人到,陈近荣挑帘出来,刚要对背对着他的胡清山作揖,但是双手举到半空倏地停了。他做梦也没有想到面前站着的竟是少东家,少东家来福州怎么连个信也没有呀?

陈近荣很快堆出一脸的笑,说:"哎哟,是少东家来了!"边说边对着一帮伙计骂道:"你们真是长着一对狗跟,少东家来了都看不出来?还不快搬凳子!"

胡清山摆摆手:"我不坐。我问一声陈掌柜,家父待你如何?"

陈近荣心里"咯噔"一声,心说:少东家说话是横着出来呀!但是他也没将胡清山放在眼里。他看了一眼胡清山,隐隐透出蔑视,随口答道:"老东家对我陈某恩重如山。"

"那——"胡清山提高了声音,"你为什么要毁裕明茶庄的牌子?"

"少东家,今天的事儿是我疏于管教,我该罚。但是说我故意毁东家的家业,这又是从何谈起啊?"

胡清山掏出一叠纸,重重地拍在柜台上,说:"这是你年关报的账,你敢说不错吗?"

陈近荣脸上冒出了汗珠。他明白,这胡清山是来者不善,善者不来呀!他虽表面镇静,可是内心却在紧张地思考对策。终于,陈近荣讪讪地说:"既然少东家将话说明了,我也就不再遮遮掩掩的了。不错,去年我萌生了私心,做了假账,贪了二千七百两白银,现在少东家既已明晓,那我就辞职吧。"

胡清山微微一笑:"陈掌柜不是初来乍到,怎么连裕明的规矩也忘了。"

陈近荣一愣,说道:"好,按店规,由少东家开了我,我再加倍赔偿裕明的损失。"

"陈掌柜好健忘,关键一步没有说。"

陈近荣一咬牙,狠狠地说:"这么说,少东家你是想赶尽杀绝喽?好歹我也为裕明操劳了十五年,没有功劳也有苦劳吧?"

胡清山说:"你有功劳,可是裕明按劳付酬,并没有亏待你。这些年,你已经用裕明付给你的酬金购置了上千亩的田地。你不思报恩,却干下违背店规之事,也配说出功劳、苦劳的话么?我清山虽年少,但我不能私自破了祖上传下的规矩,也不能让另外四十八家掌柜戳我的脊梁骨,说胡家出了个废物,连一个掌柜的都对付不了。"

陈近荣脸色一变:"我明白,少东家的意思是要将我送进官府。可是你也不打听打听,我好歹也是本地生、本地长的人。裕明是你胡家开的,那官府可不是你胡家开的,不是说将我送进去就能将我送进去的。"

胡清山冷笑道:"那好,咱们就大堂上见!"

胡清山回到旅店,胡三已经回来。胡三报告道:"少东家,我打听了,这陈近荣与道台衙门上上下下都混得挺熟,动他不太容易。"

胡清山听罢,沉吟良久,然后吩咐道:"你速速去置办一份厚礼,再揣上银票,我们去拜访道台大人。"

不一时,胡清山来到道台衙门,随着礼品递上名刺。

道台容清是恭亲王一支的人,上可通天,所以平常对谁也不拿正眼瞧,这手下的突然报告说有一少年商人要拜见,他就不想搭理。可是一看礼单,就不由动了心:这礼也太贵重了,不见不好,于是传话接见。

胡清山虽然年少,但是知书达理,一见面就给容清留下了不错的印象。待客套了一阵,胡清山便开门见山地说明了来意。容清一听:什么,要我查办陈近荣? 那可是我多年的朋友呀,年年他都要给我送几斤上好的黄山云雾茶。这么想着,脸上便露出了难色。

胡清山一看,知道容清不愿出面。他正了正身子,说道:"在下要求查办陈近荣不是为我区区裕明茶庄一己之利,而是为我大清国的利益。"

容清心说:这是扯哪儿去了,你商人就是商人,怎么联系上朝廷了? 便说:"时下政局动乱,自前年林则徐在虎门销烟后,各国列强对我大清虎视眈眈,你这茶庄内部的事儿怎могло分我的心?"

"着啊,"胡清山听容清这么一说,不由说道,"在下正是要为大清国除去隐患。大人,你可知这陈近荣在与什么人做生意? 他私通外夷,将我国最好的茶叶卖到了英国,而换回鸦片来毒害百姓。"

"有这等事?"

"千真万确。"说着,胡清山将查到的证据递了上去。

容清哪有心思看这个,随口问道:"你说陈近荣将最好的茶叶卖给那些夷人,什么是最好的茶叶? 我常常喝你们黄山的云雾茶,这是不是最好的?"

胡清山微微一笑,说:"大人喝的黄山云雾茶固然不错,但是还不能算是最好的,屯溪最好的茶叶莫过于清明节前在休宁县齐云山上紫微观附近采摘的茶。这齐云山乃四大道教名山之一,终年云遮雾绕,可谓仙境,齐云明前茶每年采摘不过百多斤,我们从中选出十斤作为贡品献给皇上,其他的则卖与那些老茶客,而且是按两卖,每两要白银二十两,也就是一斤要卖到三百二十两,比长白山的野参都贵。不知大人品尝过没有?"

容清听呆了,连连摇头。

胡清山暗自一乐,他知道这几句话已经收到了效果,便不失时机地掏出一个锡罐,恭恭敬敬地递上去,道:"请大人品尝齐云明前。"

容清大喜,随即便生出对陈近荣的痛恨来,心说:你怎么不将这茶叶送我?他哪里知道,这齐云明前茶除了裕明东家,是谁也得不到的。

胡清山趁容清高兴,又问:"大人,这陈近荣一案……"

容清道:"这厮将上等好茶出卖给外夷,还购回鸦片,着实可恶。但是仅仅靠你举报还不够,本府还要派人去调查。不过,近年来朝廷下拨的办案银两太……"

胡清山一听,知是容清索取钱财,便说:"至于银两,大人不必过虑,在下裕明茶庄愿资助两万两白银。"

"什么?"容清没有想到眼前这小小的人儿竟张口就是两万两,"你说的可当真?"

胡清山这时将一张银票呈了上去:"这是两万两,请容大人过目。"

容清激动地一拍案子,说道:"今日得见清山兄,真是三生有幸。放心,我立即着人将那陈近荣抓捕归案。"

陈近荣做梦也没有想到,官府会真的将他捉了去,而且开堂后容清不问他贪污货款之事,而是直接问他与英国人的生意。开始,陈近荣还抱着幻想,以为这不过是做给胡清山看的,但是,当容清黑着脸宣判道:"查陈犯近荣身为大清子民,却里通外夷,将当今皇上严厉禁止的鸦片偷运进关,实有欺君误国之罪,当处斩立决!"他一下子就晕了过去。

法场设在福州东街口,当陈近荣被插上草标押到刑场时,他明白这一切都是真的了。他的脑袋昏沉沉的,突然,有人唤他:"陈掌柜,我给你送行来了。"

陈近荣抬头一看,原来是胡清山,不由怒骂道:"真没有想到我竟死在你这娃娃手里。只是我不明白，我不过贪了裕明区区二千七百两银子，你却不惜动用几万两银子要我的脑袋，你做这赔本生意图的是什么？"

胡清山款款道："陈掌柜，账不能这么算。我虽投入了两万多两银子，可是我在其他四十八个分号掌柜的眼里，买到了万金难买的裕明茶庄的信誉，我用区区两万两白银证明，我胡清山有能力管好裕明茶庄。好好跟我干的，前程无量。与东家揣着两个心眼的，你就是他们的榜样。"

陈近荣长叹一声："真没想到，你小小年纪竟有如此抱负。早知如此，我何必当初呀，一切都晚了。我算服了你了，少东家，一切都是我自作自受，只是可怜我一家老小，可怜我那孩儿……"

胡清山近前一步，说："陈掌柜尽可放心，我念你为家父效力十几年，已派人给府上送去了一万两抚恤金。而且我看到你家少爷天资聪明，如果少爷长大后愿意的话，可到裕明茶庄来做事。"

"什么，你说什么，可当真？"

"言必信，行必果。这是中国老话，也是裕明的信条，我骗你做甚？我现在告诉你，是让你放心地上路。来，让我敬你三杯酒！"

陈近荣流着泪喝完了胡清山端给他的三杯酒，说道："多谢！如有来世，我愿意再为裕明效力。跟着你这样的主儿，死了也值。"

三声炮响后，陈近荣身首异处。胡清山出资厚葬了他。

胡清山怒杀陈近荣的故事传遍神州，裕明茶庄的生意越来越红火了，是为后话。

（范大宇）

（题图：俞耀庭）

响 床

民国初年，川南某地有一巨富王团总，将独生女儿许配给了西乡柳家的小公子。

大富豪嫁千金小姐，自然不同凡响。别的不说，光是嫁妆所用木料，都是从山场挑选来的上等柏木，三年前便砍伐解料，早已干透定型；请的木匠，则是城里有名的毛师傅。

这个毛师傅一生有很多传奇，据说他当年学艺出师的绝活，是一对没上箍的柏木水桶，装满了一担清油，绕城墙走了一圈，居然一滴不漏，因此得了个"活鲁班"的称号。

却说这回毛师傅带上他的十几个高徒，挑上干活的工具，开到王团总家安营扎寨赶做嫁妆，此时他已是五十开外的人了，且又染上了吸鸦片的嗜好，除大局上把把关外，具体活计全由大徒弟领班操作。经过一年工夫,全堂大小三十六件家具大功告成,毛师傅于是让徒弟们在宽敞的庭院里将这些玩意儿一字排开,请王团总过目验收。

王团总让管家把众工匠带到下房用茶,然后传令夫人、小姐一起过来验收。

王家近亲女眷一行十数人来到院内,看着这一件件巧夺天工的家具,都赞不绝口。最高兴的当然是王家千金大小姐了,她一一看过之后,最后移步来到象腿雕花牙床前停了下来。这张牙雕床好生了得,床架楹柱为双龙环绕,两头呈万字栏杆,床额计有三层:第一层是双龙戏珠,用的是浮雕;第二层是百鸟朝凤,用的是镂空雕;第三层是十子拜寿,用的则是悬雕。这一道道精美的手艺,简直把大小姐看花了眼。

毛师傅是个机灵人,站在旁边见大小姐如此神色,故意用手使劲地推,牙雕床稳稳当当,纹丝不动。

王团总早已看得满心欢喜,却故意要做女儿的说句话。

大小姐满脸羞红,低头细语道:"婚姻大事父母做主,岂容女儿多嘴?只要二老高兴,女儿也就心满意足了。"

王团总见此,当下便赏了毛师傅重重一包大洋,另外还包了一包鸦片,说是工钱之外的"花红"。可是就在毛师傅对王团总千恩万谢之际,大徒弟却一声不响地带领众师弟悄然离开了王家……

大小姐的结婚庆典,热闹自不用说。单说新婚之夜,客人散尽已是三更,一对新人进了洞房。可万万没有想到,他们刚上床,这张牙雕床便突发奇响,其声沙哑尖利,一对新人好事未成,便紧急刹车,很是败兴。更糟糕的是,睡在洞房两侧的父母和兄嫂也被这牙雕床发出的声响惊醒,兄嫂还故意大声咳嗽,意在提醒小两口注意点儿。

可怜小夫妻俩,吓得好一会儿才回过气来,待隔壁鼾声阵阵,两人又鼓足勇气。可谁知刚一动作,那牙雕床便声震屋瓦,这声音夜静更深之时更加刺耳钻心,连远在厢房里的客人也被惊醒,小夫妻一夜无眠。

次日清晨,小夫妻双双上堂拜见父母。柳家老爷一脸青霜,对小两口严词呵斥;之后,兄嫂又对他们耐心开导。小夫妻俩满肚子委屈,却又难于启齿。

上午例行拜客,一位调皮的表兄就趁机塞给新郎一张纸条,上写:莫道书生无虎气,象床已是不周山。据说,共工以头撞垮不周山,导致天倾西北、地陷东南。此兄把新郎比作神话中的共工,新郎只觉得脸上发烧,心里暗暗叫苦不迭。

回到房中,新郎一肚子气没处出,就把气撒到了新娘身上,说:"早就听说你们王家是刻薄起家,准是亏待了木匠,人家才在床上做了手脚。这下可好,不光你们王家要断子绝孙,还连累我们柳家也要绝后。你就一个人做梦去吧!"说罢,径自去了书房。

新娘被新郎一顿抢白,像当头挨了一记闷棍,却又不敢出声,只得捂嘴呜咽。

三天后,小夫妻"回门",王团总夫妇见女儿满脸憔悴,双目红肿,而女婿则面无表情,冷若冰霜,心里不禁打了个寒噤。等问清了原由,老两口心里明白:肯定是木匠在牙雕床上捣了鬼。

那王团总毕竟老谋深算,心想:此事只能私了,不能张扬。于是就叫管家请来毛师傅,好酒好肉款待之后,又送了些鸦片给他,最后漫不经心地说起了"响床"之事:"当初在舍下做活,管事们招待不周,多有怠慢之处,"王团总好言赔礼道,"还望师傅多多包涵,有话好说,只是别苦了女儿女婿。"

毛师傅听了觉得很奇怪:自己绝没有在牙雕床上做过什么手脚啊?不是那天还当着王团总和大小姐的面,使劲儿推床试过吗,并没弄出什么声响来啊?

他皱眉凝思,突然恍然大悟道:"我知道了,恐怕是大徒弟捣的鬼！不过，解铃还须系铃人，相烦团总在大徒弟身上破点钱财。"

王团总一听，马上到城里订了一桌上等酒席，设宴款待师徒两人。

席间，王团总亲自敬酒慰劳，却始终不提响床之事。饭后，团总掏出一大包银元，双手呈送大徒弟，口称是上次大徒弟走得匆忙，没来得及酬劳。

大徒弟也不推辞，只是顺手递过两枚小小的木楔子给王团总，接了话头说："那天我也是走得匆忙，忘记了关照，那牙床后两条象腿的顶头上各有一条小缝，那是切好的楔口，把这两个楔子打进去就完事儿了。"

王团总接过木楔子，拍拍大徒弟的肩膀哈哈大笑，夸奖大徒弟是第二个活鲁班。

第二天，王团总夫妇以拜亲家为由，备上各色礼品来到柳家，并暗里把木楔子交给了女儿。小两口如此这般将木楔子塞入楔口，当晚牙雕床果然一声不响了……

两天后，有人在西门乱坟堆草丛里发现了一具尸体，认出那人正是毛师傅的大徒弟，便赶快去报信。消息传开，都说是遭了暗算，只有毛师傅心里明白大徒弟真正的死因，他匆忙收拾了些物品，关了木器铺，逃出城去……

（李　凤）

（题图：黄全昌）

四个年轻人

　　有四个年轻人,平时除了游手好闲之外,还有油嘴滑舌的毛病。一天,他们看到一个旅行者衣冠楚楚,华丽动人,正坐在村外的一所凉亭里休息,这四个年轻人便头碰头商量起来,合计要把那人的衣服捞到手。

　　商量好以后,他们就一起来到凉亭里。走近一看,那旅行者身上穿的更不得了,简直让他们垂涎欲滴,八只眼睛就像苍蝇盯在有缝的蛋上,一刻也不愿离开。

　　其中一个年轻人咽了咽唾沫,对旅行者说:"请问这位先生,你走南闯北,肯定遇到不少离奇的事儿。这样吧,大伙来个故事比赛,每人讲一段自己最惊人的奇迹,倘若有谁不相信故事的真实性,谁就情愿做讲故事人的仆人。"

旅行者打量了一下四个年轻人，点了点头。

这一点头，差点没让四个年轻人笑起来，他们想：瞧这个傻瓜，看样子就说不出什么离奇的故事。他们就等着剥掉旅行者的衣服了，因为仆人的财产，就是主人的财产。为表示这次比赛的公正性，他们还派一个年轻人回到村里，请村长来做这次比赛的裁判。

第一个年轻人开始讲述他的惊人的奇遇："在我出生以前，我母亲要我父亲从屋前的李树上摘几颗李子，但我父亲回答说，那树太高了，爬不上去。我母亲要我的哥哥们去摘，但他们的回答也是一样。我不忍心看到母亲失望，于是就偷偷从娘肚子里爬出来，接着爬上树，亲手摘下了几颗李子。我把它们放在厨房的桌子上。虽然谁也不知道那些李子是哪来的，可我母亲十分高兴。"

这年轻人看着旅行者，希望他会对故事的真实性表示怀疑，但旅行者只是点点头，表示他相信这事儿。另外三个年轻人只好也点点头。

轮到第二个年轻人了。他说："在我出生一周后，我在森林里散步，看到一棵大枣树，上面结满了枣，我肚子饿极了，便迅速爬上树，一颗一颗地吃起枣子来，一直吃得打饱嗝。这时候人很倦，想睡个觉，也许是吃得太多的缘故，我发现自己下不来树了，只好回到村子里扛来一架梯子，把梯子靠在树上，顺着梯子才下了树。你们看，若没有找到那架梯子的话，我这会儿说不定还在那棵枣树上呢！"

他看着旅行者，满以为他会反驳自己，但旅行者还是点点头，没有做声，另外三个年轻人也只好点点头。

现在轮到第三个年轻人说他的惊人奇遇了："我一岁时，看到一只野兔飞快地钻进深草里，便一口气追了下去。但在赶上它之后，我发现我追的其实是一只老虎。老虎这时也发现了我，张着大嘴就要把我一口吞掉。我对它说：'慢！这很不公平，因为我要的是一只兔子，而不是一只老虎。'但老虎全然不理会我的抗议，而把嘴张得更大了。见它这么粗野，我一下子发火了，左手抓住老虎的一条腿，右手抓住老虎的另一只腿，一使劲把它撕成了两半。"

四个年轻人同时抬起头来看着旅行者，等着他说不相信这个故事，不料旅行者居然还是点了头，表示同意。

于是，第四个年轻人开始讲自己的故事："去年我坐了条小船去捕鱼，可一天下来一条鱼也没捕到。我问其他打鱼的人，他们也说没捕到一条鱼。我感到有些诧异，决定到河底下看看到底是怎么回事。我一头跳进水中，一直向下游，游了三天，才到达了河底，发现有一条像一座山那么大的鱼在那儿，是它把所有的鱼给吃光了。我气愤至极，一拳头打了过去，没料到竟把那条鱼给揍死了。可我觉得还是不解恨，当即便决定把这条鱼给吃掉。我生起了火，把鱼放在上面烤，可能是我太饿了，居然没多久就把那条鱼给吃光了。然后我浮上水面，上了小船，回到家中。"

四个年轻人一起等着旅行者嘲笑这荒唐可笑的故事，但使他们失望的是，旅行者还是笑盈盈地点头同意了。

他们一起朝旅行者嚷道："怎么回事？难道你听不懂我们的话吗？"

村长叫他们静一静，让旅行者自己讲一段离奇的故事。

旅行者说声"谢谢"，略作沉思，便说了起来："几年前我有一座自己的农场，农场里有一棵果树，它长得跟别的果树不同，有四根树枝，但没有叶子，更为稀奇的是，每根枝头只结着一颗果子。待果子成熟时，我把它们摘了下来，然后把它们切开，突然奇迹出现了，每切一颗果子，就从里面跳出一个年轻人。因为他们是从我的果树里出来的，从法律上讲，他们属于我的财产——

就是说,是我的仆人。我让他们在我的农场里干活,可他们懒惰成性,整天游手好闲,胡言乱语,说什么也不肯多干活。几个星期后,他们居然结伙逃跑了。打那以来,我走遍全国各地,一直在寻找他们。现在我很满意,在这儿的凉亭里,终于找到了他们。年轻人,你们心里清楚得很,你们是我的逃跑的仆人。跟我一道回到农场去吧,可别再给我添麻烦了。"

四个年轻人哑口无言。他们一个个束手无策,狼狈不堪:如果他们声明旅行者的故事是真的,那就等于承认他们是逃跑的仆人;而如果说这故事是假的,他们就会输了这场比赛,也是成了他的仆人。

村长问他们,是信还是不信旅行者的故事,他们没有做声。村长再问他们一遍,他们不肯讲话。村长又问了一遍,他们仍旧一声不吭。

于是村长宣布,旅行者赢了这场比赛。

旅行者对四个年轻人说:"如今你们是我的仆人了,把你们的衣服脱下给我吧,否则我就不给你们自由!"

四个年轻人不得已,只好脱下衣服给了他。

旅行者把衣服扎成一捆,背上肩头,开始了他的新的旅程……

（韩长清　编译）

（**题图**:箭　中）

碰到的财富

阿米和洁娥是一对恩爱的夫妻,他们虽然家境贫苦,但是生活却过得很快乐。邻居们都很羡慕他们,只有财主毛拉例外,毛拉非常妒忌阿米有一个美丽能干的妻子。

冬天里的一天,阿米到树林里去砍柴,在那里的一块空地上发现了两只大西瓜。他摘下其中一只抱回家去,一路走一路想:冬天里的西瓜是最宝贵的东西,我把它拿去卖给毛拉,可以换些粮食回家过冬。

阿米把大西瓜抱到毛拉家里,毛拉立刻买了下来。毛拉问阿米:"你还有这样大的西瓜吗?"

阿米说:"还有一个。"

毛拉一听,就有了坏主意,说:"阿米,咱们来打个赌吧! 如果你把另一只大西瓜也摘来给我,那么,我就把你的手在我家里最先碰到的东西送给你。但如果你没有把大西瓜送来,那我就到你家去,你必须把我最先碰到的那样东西送给我。”

阿米想了想,同意了毛拉的建议。他高高兴兴地走回家,一边走,一边想:我把剩下的那只西瓜摘给毛拉,然后去碰他的马,以后我和洁娥出门就有马骑了。

阿米回到家里,把这件事告诉洁娥。

洁娥问他:“你还记得那只西瓜在哪里吗?”

阿毛点点头说:“当然记得,就在树林那边的一块空地上。”

洁娥说:“那你赶快去把它摘回来,不然被别人摘走了,我们就要倒霉了。”

阿米莫名其妙地问:“为什么会倒霉呢? 我们家里这么穷,连一件值钱的东西都没有,我们不怕他啊!”

洁娥说:“是的,我们是没有什么值钱的东西。可是,我呢?万一他用手碰了我一下,我不是就要被他带走了吗?”妻子担心地说,“你要晓得,他早就在打我的主意呀!”

阿米这才恍然大悟,跳起来急忙朝树林里的那块空地跑去。

哪知道,阿米和妻子洁娥的对话,都被毛拉派来的仆人听到了,仆人赶在阿米前面,把空地上的那个大西瓜摘走了。所以,阿米来到空地上时,大西瓜已经不见了影子。

阿米非常苦恼,他不敢马上回家,坐在河边,望着河水发呆。

忽然,河里传来“救命啊、救命啊”的呼喊声,阿米一看,发现河里有一个老人,眼看着就要被河水淹死了,阿米不顾一切地立刻跳下河去,把老人救上了岸。

老人感激地对阿米说:“如果没有你,我早就淹死了。真要好好谢谢你啊!”

阿米皱着眉头,一言不发。

老人关切地看看阿米,说:“孩子,你好像有心事? 说出来,也许我能帮你。"

阿米看着老人善良的眼神,便把自己的苦恼一股脑儿说了出来。

老人听后想了想,附着阿米的耳朵,如此这般低声对他说了一番。阿米一听,脸上立刻露出了笑容,他向老人道谢后便赶紧回家。

第二天,毛拉得意洋洋地来到阿米家,一看见阿米就说:"你还记得我们的约定吗?"

"记得!记得!我家哪样东西最先被你碰到,那样东西便是你的。你看!我还请了几个村民来做证人哩。"阿米指了指正站在他家门口的几个村民,轻松地说。

毛拉点点头,胸有成竹地一脚跨进阿米家里,找了一会,发现阿米的妻子洁娥不在,就什么东西也不去碰,赶紧出了屋。他走到门外,突然听见屋顶上有妇人的说话声,抬头一看,发现洁娥正坐在那儿和邻居打招呼呢!毛拉高兴地叫道:"快下来!洁娥!"

洁娥答道:"我正在干活呢,要过一会儿才能下去。"

可毛拉却等不及啦,他急着要去碰洁娥,看见墙边靠着一架木梯,就迫不及待地把手往身后一背,顺着木梯一级一级地往上爬。可是他摇摇晃晃刚爬到一半,那梯子就忽然摇动起来,毛拉心里一慌,连忙伸手去抓,可是没抓住,连人带梯一起倒了下来。

只听阿米在他身后大喊起来:"哈!毛拉,你手已经碰到梯子了,请你把梯子带走吧!"

村民们跑过去,七手八脚把毛拉扶起来,又把梯子抬上他的肩膀。

毛拉不敢拒绝,只好扛着梯子垂头丧气地回家。

村民们跟在他背后,乐得拍手大笑:"好啊,毛拉赢得了一架梯子,现在他家有两架梯子啦!"

(叶　子)

(题图:箭　中)

倒霉的吉米

　　吉米很倒霉,他在大街上抢了一位女士的包之后,跑到郊外的一个酒吧里去避风头,但因为调戏那里的女招待,被两个家伙架上了车,不仅身上的东西被抢了个精光,外套也被他们扒了,又遭一顿痛打后,被丢在一片树林子里。

　　当时正是风雪交加,吉米几乎快被冻坏了,没办法,只好挣扎着来到公路上,盼望能遇上个好心人,让他搭上便车回城里去。

　　没想到吉米果然遇上了个好心的司机,这个司机开的是一辆轿车,他见吉米挡在路当中拦车,便把车停了下来。

　　吉米上了车,假惺惺地说:"请原谅,我的情况很糟,不得不用这种方式拦车。"

司机表示理解，说："你一定是遇上难题了，需要帮忙吧？"

吉米一听，趁势说："我一看你就是个富有同情心的人，不好意思，能给我点儿吃的吗？"

司机立刻表示："我这儿正好有热狗。"

吉米接过司机递给他的热狗，一边大口嚼着，一边提出了第二个要求："你能借我件衣服穿吗？我现在这个样子，没法下车。"

司机没吱声，他看了吉米一眼，似乎很不情愿地把身上的皮衣脱了下来。

吉米穿上衣服后又得寸进尺了："你好事做到底，干脆再借点钱给我花花吧！"

这回司机忍无可忍了，他喊起来："你太过分了，我好心帮你，你倒来勒索我？"

"告诉你，我就是坏蛋吉米，你听说过吗？吉米！"

司机显得极为吃惊："吉米？没听说过。我只知道坏蛋比利，他可是什么坏事都干得出来呀！"

吉米从裤腿里"啪"地掏出一把暗藏的匕首，在司机眼前晃了晃，威胁道："别啰唆啦，快把身上的钱拿出来。当然，我可以送你回家，到家后这车就是我的啦！"

"天哪，我一定是神经出了毛病，我干吗要停车找麻烦呀！"司机委屈地说。

他想了想，又道："吉米先生，你还是考虑考虑吧，警察要知道你这么干，是不会放过你的！"

吉米哈哈大笑道："我知道警察在找我，他们还在找比利。我想过了，抢劫这条路迟早会山穷水尽的，据我所知，坏蛋比利也厌倦了这一行，正打算去自首。我要先抓住比利，将他送到警察局去，替自己将功赎罪！"吉米说着，得意的目光在司机身上瞟来瞟去。

突然,他发现司机的腰间鼓鼓的:"你这是什么?"

司机朝他摇摇头:"这东西你不喜欢的。"

"我喜欢!你拿出来给我看看。"吉米非要寻根究底。

司机于是就把腰间的东西拿了出来,那是一副手铐。

吉米立刻紧张起来:"你怎么会有这个?"

"嘻嘻,还有你更想不到的呢!"司机说着,又从口袋里掏出了一把手枪,对准吉米说,"我很乐意把手铐送给你!"说着,他就把吉米给铐上了。

吉米哭丧着脸问:"你是什么人?"

司机拿起警报器说:"如果我把这个吸到车顶上,那这辆车就是警车。"

显然,这个司机就是警察!吉米觉得自己今天倒霉透了,他无路可逃,只得乞求道:"警官先生,我能帮你们抓到比利,希望你们能从轻……"

司机打断了吉米的话,说:"我会考虑的。"

车子驶进了警察局,司机带着吉米找到了局长,说:"报告长官,我把坏蛋吉米抓来了!他干的坏事你们肯定有厚厚一大卷记录,而且这家伙惯于和警察捉迷藏,所以,为了抓他,我被迫偷了一位警官的车,那位粗心的警官把手铐和枪都放在车上……我现在一是来遣送罪犯,二是来主动自首,希望改邪归正,将功赎罪……"

局长问:"你是谁?"

司机坦然答道:"我是比利!"

吉米一听,差点昏过去……

(孙新峰)

(题图:箭　中)

化　险　为　夷

顶得住恶劣的形势，能站定脚跟等风暴过去，拼命爬到高地上去躲避的人，才算得上真有魄力。

变脸

光绪年间，洪城梨园有一个"王家班"，名声响彻全川，被誉为"变脸王"的王复仲，便是该班班主。

且说这一年，变脸王带着一班人来到四川万县，在靠码头的"天上宫"住下来，然后挂出牌去，第一天要演《空城计》，由变脸王亲饰诸葛亮。牌挂出去不出半个时辰，所有的票都已售空。

开门红原本是戏班子的喜事，可变脸王却一点也不开心。为啥呀？因为一千三百张门票，竟被一个人给买了！这人是什么来头，到底是来挑场子找碴儿的，还是另有所图？变脸王百思不得其解：这次到万县，自己跟码头上的舵爷袍哥早已递了帖子，备了厚礼，各方面关节也一一打点，想来想去并无什么纰漏啊？

不等变脸王想出个头绪,开戏的时辰已经到了,无奈之下,变脸王只好向乐师们示意,将开场的锣钹"咚咚呛呛"地敲起来。他自己走到大幕处,掀开条缝往外一看,心里不由得"咚咚咚咚"敲起了鼓:偌大的场子里只前排坐着几个人,当中的那个男人长得像女人一样俊秀,头戴黑绒小帽,帽顶上散发着熠熠绿光,分明是镶着颗绿宝石,黑绸缎面袍子,外罩金线镶边马褂,正悠悠地摇晃着手中折扇,一双眼半睁半闭;左首作陪的,竟是万县道台叶荣祖。

变脸王不禁一愣:叶道台今天来毕恭毕敬作陪,难道中间那个男人是王公贵胄?变脸王赶紧回身向众人关照:"今天这场戏,大家可得打起十二分精神来!"

变脸王饰演的这出《空城计》里的诸葛亮,几乎不画脸谱,全以素脸出现。只见他走出场去,一番亮相之后便中气十足地唱开了,一边唱一边向那人打量。

奇怪啊,一帮人全都看得很投入,唯有中间这男人微仰在座椅上,那眼睛半睁半闭,眼光却几乎全朝向头上的棚顶,不知道他在看什么。剧情发展到琴童来报告司马懿大兵退去时,变脸王要使出自己的绝活儿了,他的脸色要由红变白,再由白转青,表现诸葛亮如释重负、心有余悸的后怕。当琴童一声"相爷"刚出声,只见台下那人腰一伸坐起来了,一双眼睛瞪得老大,定定地看着变脸王。

变脸王心里"咯噔"一下:这人原来是冲我这变脸来的!心里想着,动作并不怠慢,随一声"司马呀司马"的念白,但见得他波澜不兴的脸色突然像抹上胭脂,浮起淡淡的潮红,紧接着,潮红一闪而没,脸上是窗纸一样的苍白,待念到最后一个"马"字时,脸色却又变成了青色。

场下人齐齐鼓掌喝彩!这时候,只见中间那男人眼里一道亮光闪过,忽然站了起来,转身就向外走去。那一班正喝彩鼓掌的人见了，也赶紧跟着站起来。片刻，场内竟走得一个不剩。

变脸王心里那个气、那个急啊！气的是自己表演绝无差池，竟换来看客中途离座扬长而去，自己到底也是名角，如此一来，颜面何存？急的是这消息如果在码头传开，自己的名声怕是八成要被砸了。又气又急之中，变脸王只好不断安慰自己：如果那人真是只冲我变脸而来，看过就走也不足为怪啊！

变脸王心里一团乱麻，理不出个头绪，只好吩咐班里人收拾行头，准备再演一场。

就在这个时候，突然外面响起一阵杂乱的脚步声，跟着拥进一帮持枪拿刀的官兵，为首的标统将手里签牌一扬，说："有人举报王家班通匪，奉命特来查缉。统统抓起来！"官兵们一拥而上，立刻将戏班众人团团围住。

众人大惊失色，分辩说："我们王家班一直奉公守法，哪里敢通匪？军爷弄错了吧？"

变脸王暗道声"不好"，这事儿会不会与刚才自己变脸有关？他上前向那标统拱手一揖道："在下是王家班班主王复仲，如果真有通匪，天大的干系也只与在下有关。不如我随大人走一遭，接受衙门盘查，不要再缉拿其他人如何？"

变脸王如此说，意在试探，假如确实是跟自己变脸有关，真正要缉拿的就只是他了。

果然，那标统"呵呵"一笑，道："到底王班主跑的码头多，是个明白人。好，你就和我们走一趟吧！"

变脸王神色不变，说："请稍等片刻，我换了这身衣服，便随大人走！"说罢，他疾步走进后台。此时，他已有十分的把握知道这场变故的真正原因，也知道那个中途离场的男人是谁了——此人应是宫中名角、慈禧太后跟前的红人宁官人。

原来，慈禧是个戏迷，所以宫里一直养着帮戏角儿，其中有个叫宁官人的，最得太后宠爱。可惜的是，宁官人不会变脸，而变脸是川剧表演艺术里一门特殊的表演技巧，一般剧种里脸谱固然描得好看，可那是"死妆"，变脸就不同了，刹那间可以变出不同色彩、不同图案的脸谱，来表现剧中人物情绪的突然变化，或惊恐或绝望或愤怒，将观众情绪引向高潮，赚来满堂彩。宁官人想学会这手绝活，更讨慈禧宠幸，可他也知道，这等绝技谁也不会轻易传人，于是在看过变脸王表演后，就授意叶道台派出一干人马，找借口将变脸王"请"了来。叶道台知道宁官人是能和太后说上话的人，自然言听计从，不敢有丝毫怠慢。

变脸王进了后台，脸上虽然不显喜怒，心里却波汹浪涌：如果自己不去，定会将王家班一班人都连累了；可是这一去，即使自己传了变脸技艺，宁官人也绝不会留自己活口。

他正想着，众人纷纷围了过来："班主，咱们行得端、坐得正，要去就大家一起去，总有个说理的地方。"这帮人哪知内里，变脸王看看众人，只有几个老成的班友沉默不语，分明也猜到了些什么。

变脸王于是将几个老成班友叫到一旁，吩咐道："只有我去了，大家才能平安无事。我这一去，兵丁一定会撤，你们即刻收拾行头，约束班众，租船在码头等着。如果三个时辰后我没回来，立刻解缆扬帆，离开万县。"

交代一番后，变脸王这才出了后台，随那标统而去。

到了道台府，那标统并不引变脸王入衙门，却带着他从耳门进去，里面早有人候着，将变脸王带进内室。

变脸王看到宁官人正在那儿半躺在椅上，捧着烟枪吞云吐雾呢，旁边还有一群人伺候着。他单刀直入地问道："宁官人有何吩咐？"

宁官人颇为诧异，抬起眼说道："王班主好眼力，竟已知道我是谁了。既然知道我是谁，那我想要什么，你也该知道了，又何必再用我吩咐？"

变脸王点点头,指指一群人问道:"不会让他们也看吧?"

宁官人原以为变脸王会设法推托,想不到他这么爽快就答应了,心里不由一喜,立刻让众人全部退出,在屋外百步处候着,还特地吩咐说,没有自己命令,所有人不得靠近屋子。

等掩好了门,变脸王拿出只小箱子打开,箱内分无数小格,放着或红或白或青或紫的油彩,还有金粉、银粉、墨粉。

变脸王指点着这些小格给宁官人讲解开了:"变脸有大变脸、小变脸之分。大变脸是全脸都变,有三变、五变以及九变;小变脸则为局部变脸。变脸手法又分'抹脸'、'吹脸'、'扯脸'三种。抹脸又叫'扯暴眼',预先在眉头或鬓角涂上墨青,到时抬手一抹,将墨青揉开,再往眉心、眼眶或鼻翼处一抹,便成了另一种脸色,《白蛇传》里的许仙变脸,《放裴》中的裴禹变脸,都是此法。吹脸则预先在台上放上粉盒,表演时做一个伏地动作,趁机将脸贴近粉盒一吹,粉末扑在脸上,就变成了另一种颜色的脸,《伐子都》中的子都,《治中山》中的乐羊子,采用的就是'吹脸'之法。而扯脸最为复杂,需得预先做成脸谱,堆叠在脸上,然后一一扯下,变出多张脸谱……"

说到这里,变脸王拿出描红小笔,对宁官人说道:"这样吧,现在我先替你堆叠脸谱。"

宁官人一直半闭着眼睛,好像在打瞌睡,其实正一字不漏地听着呢。现在他一听变脸王要在自己脸上画脸谱,心里立刻琢磨开了:老子是堂堂御前戏师,岂能由你这跑江湖的在脸上描来画去?要是你使上什么坏,把我这一张脸毁了,我的锦绣前程不成一场美梦了么?

如此一想,他便说道:"我找个人来,你在他脸上描,我看着就成了。"

变脸王只好点头应允。宁官人立刻叫了一个亲近的黑脸随从进来,变脸王示意黑脸随从坐好,然后在那张黑脸上一丝不苟地描了起来。

过了近一个时辰，只听屋门"嘎"地一声响，那黑脸随从走了出去，脸上还沾着一块块没来得及抹去的油彩。"妈的，不是戏弄老子么？这时候才说缺点材料，让老子去取。这一脸的油彩，让老子出去如何见人？"这黑脸随从一边走一边低声抱怨着。

那些在屋外百米处守着的人，看到黑脸随从这张姹紫嫣红的脸，全都忍不住笑了。

叶道台凑过来，想要献殷勤："那，您就歇着喝会儿茶，我吩咐人替你去取吧？"

黑脸随从苦笑着直摇头："谢叶大人好心，只是这千辛万苦弄来的配方，如果让宁爷知道是其他人去办的，要保证配方没外传，恐怕只好……"说到这里，他抬手在颈上一抹。

叶道台吓得浑身一哆嗦，心里想：妈的，只有死人才会守口如瓶啊，我这不是没事找事，往自个身上揽麻烦吗？忙说："那只好辛苦您了。"说罢赶紧点了两名兵士，去帮黑脸随从的忙。

三人来到天上宫码头，码头那边泊着艘船，换了装束的班众正向这边张望呢，看见三人大摇大摆走上船，众人又惊又怕。

那黑脸随从大步走上船头，吼声"松缆"，随即缩肘向后一撞。

那左首的兵士正疑惑黑脸随从怎么突然变了嗓音，肘已撞在胸口，整个人纸鸢般跌进了江里。右首兵士慌忙拔刀，刀才离鞘一半，黑脸随从手已抓在他肩上，向前一抛，将他扔进了江里。

早有准备的班友一斧下去，斩断船缆，跟着扯起帆，船箭一般离了码头。

黑脸随从这才如释重负地吁了口气，刚才还是一张胖脸，一转眼皮肉都陷了进去，只见他抬手一抹，揭下张纸一样薄的面具，惊疑不定的班众都乐了：此人是王班主！

原来变脸王心知要想脱身，只能"金蝉脱壳"，可宁官人谨慎得很,屋内只有他两人,变脸王要脱身,就只能化身宁官人,可宁官人到哪里不是仆从如云?如此一来,不但脱不了身,反会连累班众。于是他便假装想要给宁官人叠脸谱,他料想宁官人必然不愿意,会叫来随从代替,果然宁官人叫来了黑脸随从。变脸王等给黑脸随从脸画得差不多的时候,见宁官人看入迷之时少了戒备,这才突然将他和黑脸随从制服,然后再就着黑脸随从的脸,敷了张脸膜戴在自己脸上,然后用变脸的功夫让那脸膜实实在在罩着,再往容易出现破绽的地方抹上些油彩,换了服装,借口要配料,大摇大摆脱了身。

等到叶道台一帮人发现出了意外,气急败坏地追到码头时,但见天高水阔,江流滔滔,哪还有变脸王的半点踪影?

打那以后,王家班就在四川销声匿迹了。直到民国后,才出了个康家班,那班主也擅长变脸,有人说康班主就是变脸王呢!

(吴永胜)

(题图:安玉民)

滴泪申冤

白州最有名的酒楼叫"醉仙楼"，醉仙楼的头牌厨子冯天从小深得家传，八岁执刀，十岁掌勺，年纪轻轻就烧得一手好菜。

这天，白州罗知县的三姨太过生日，罗知县在醉仙楼宴请宾客，酒菜上了一道又一道。此时正逢白州闹灾，百姓衣食无着，而这帮家伙却在这儿海吃猛喝，冯天心里十分不满，于是就想借机好好教训他们一顿。

他上了一道菜，叫"珠胎暗结"，牛腱肉做成珍珠丸子，塞进一条无骨鱼中，吃的时候先划开鱼肚，珍珠丸子便会从鱼肚中流出来。菜上桌以后，因为做得别致，大家欣赏了半天都没舍得动筷子。

罗知县得意地对众宾客说："怎么样，我看中的厨子有功夫吧？别都愣着呀，大家都来尝尝，吃！快吃！"他一边给大家劝菜，一边就把一颗珍珠丸子送进自己嘴里，于是众人也都纷纷把筷子伸进了菜盘。

可是众人的叫好声还没来得及响起，就见罗知县脸色铁青，"呸"一声把珍珠丸子吐了出来。他重重地一拍桌子，喝令手下："去，把冯天这小子给我叫来！"

众人不知什么事，都把筷子缩了回来。

罗知县拍着桌子怒问冯天："这丸子你是用什么东西做的？"

冯天不慌不忙地回答说："报告大人，我用的是米糠啊！"

罗知县气得吹胡子瞪眼："你好大的胆子，竟敢戏弄本官？"

冯天眨眨眼睛，故意装糊涂，说："大人，眼下正闹灾，白州的百姓天天就靠吃这米糠活命。我听说大人刚到白州时说过，要与百姓同甘共苦，所以就特地做了这道菜啊！"

"你……"罗知县没料在众宾客面前反被冯天将了一军，气得脸刷白，可又不便发作，真是又羞又恨。

宴席不欢而散。

三天之后，刚好白州有个富户被劫，罗知县破案无招，为报那天宴席上的羞辱之恨，就把罪名硬扣到冯天头上，把他当替罪羊收进死牢，只待秋后问斩。

冯天的媳妇叫莲儿，是冯天前不久在回家探母途中碰上的，当时莲儿因为死了父母而从异乡飘泊到白州，冯天看她满脸悲苦，神情恍惚，实在心里不忍，于是就把她带回家中暂歇，后来冯母看莲儿生性乖巧，手脚勤快，就收她做了儿媳。

莲儿在家中闻知冯天这一变故，如晴天霹雳，她赶到县衙，使了些碎银疏通牢卒，才得以进到牢内。

夫妻相见，泪眼相对，莲儿对冯天说："我会使银两嘱牢头大哥好生照顾你，你就安心在此养伤，我一定想法子去替你讨回公道。"

冯天摇摇头,叹口气说:"只怕是心有余而力不足啊,你还是省着这些银子,以后好生待我娘吧!"

莲儿咬咬牙,强忍着快要溢出眼眶的泪水,没吱声。

过了月余,京城有位李姓官员巡视到白州,罗知县带着一帮手下在醉仙楼为他接风洗尘。

菜上来后,李京官只是盯着菜盘出神,却不动筷。

罗知县讨好地说:"李大人,白州小地方,没什么好招待的,还请大人多多包涵啊!"

李京官沉吟着说:"这几样菜都曾经是宫中的名菜,没想到居然能在你们这里看到,真是难得啊!"他边说边就拿起筷子,把每样菜逐个尝了一口,谁知却越尝越皱紧了眉头。

罗知县和一帮县府官员不知缘何,个个吓得胆战心惊。

李京官放下手中的筷子,抬起头问:"你们知道这些菜可有什么美中不足?"

众人纷纷摇头。

李京官手一招:"那就请各位都先来尝一尝吧!"

众人于是就依样画葫芦地纷纷拿起筷子,像李京官刚才那样,把每个菜都尝了一遍。

待他们放下筷子,李京官问:"各位尝出什么来了?"

众人大惑不解地看着李京官,不敢说"好",也不敢说"不好"。

李京官的脸沉了下来,说:"难道你们没尝出来? 这每一道菜,味道不是偏浓便是偏淡。偏浓的,似深藏愤懑之气;偏淡的,似隐含悲苦之味。"

他说到这里,正巧又上来一道珍珠银耳汤,李京官舀了一勺,含在嘴里好一会儿才咽下肚去。他吩咐陪在一旁的酒楼老板:"把你们首厨叫来,我有话要问。"

首厨一来就"扑通"一声跪在李京官面前。

李京官说："你有什么冤屈之事，尽管与大人说来。"

首厨低着头，没有言语。

李京官说："银耳汤中有眼泪滴入，莫非这泪不是你的?"

众人听不明白：李京官居然吃得出银耳汤中有眼泪? 他到底在唱哪出戏啊?

但见首厨缓缓抬起头，望着李京官，突然泪如泉涌："求李大人为莲儿申冤!"

李京官全身一震，"呼"地一下就站了起来："你……你是……"

首厨一把揭了自己头上的帽子，一头青丝长发随即像瀑布般的泻了下来，眨眼工夫就变成了一个面容姣美的小妇人。

"你是莲儿?"李京官又惊又喜，上前将莲儿扶起。

莲儿大哭着说："李大人，莲儿终于见到您了，求李大人替莲儿做主!"

莲儿的父亲本是京城宫内的御厨，李京官因为对饮食一直颇有研究，所以和莲儿父亲私交甚厚。不料前年李京官遭奸臣陷害，被朝廷治以重罪，莲儿一家也受到株连，父亲病死大牢，母亲含冤离世，莲儿好不容易才逃出京城，一路飘泊，后来遇上冯天，因为怕官府追寻，也一直没敢对丈夫说出实情。但莲儿不知道，其实不久之后李京官已经获得平反，又被朝廷委以重任。

那天莲儿从大牢探监回来，在路上闻听京城有一大官不日将到白州巡视。她想：以往凡有官员到白州，醉仙楼必是宴请之地，我何不趁此机会直接在巡抚面前鸣冤叫屈? 但到时醉仙楼周围一定戒备森严，怎么想办法接近巡抚呢? 于是莲儿便改扮男装跑到醉仙楼，一展自小跟父亲学得的厨艺，把京城官府里的那些花样菜在老板面前表现了一番，老板果真把她给留下做了首厨。

让莲儿喜出望外的是，京城来的巡抚竟然就是父亲以前的好友！但她又担心，时过境迁，不知现在李大人为人如何，思量再三，才想到在菜里做下如此文章。她想，如果李大人还和从前一样，那么他一定能觉察出来。

当下，莲儿便将丈夫冯天所受冤屈一五一十向李京官道出。话未讲完，李京官已是怒不可遏，罗知县自知罪孽无可抵赖，只得跪地认罪。

冯天当即被从大牢带到酒楼，夫妻相见，抱头痛哭。

李京官说："你们两个以后就随我进京吧！莲儿，你不在我身边，让我如何放心得下？"

可是，莲儿却谢绝了。莲儿说："李大人，莲儿自从在这儿安家，才知道能吃饱肚子其实是一件多么不容易的事。莲儿决意留在白州，和这儿的百姓一起，世世代代躬耕劳作。"说罢，她拜谢了李京官，执意与冯天携手而去。

（宾　炜）

（**题图**：黄全昌）

神奇枪法

民国初年,陈州有户姓童的人家,弟兄六个由长兄童义仁掌领,经营着父母留下的粮行和车马行,一切都安排得井井有条。

这年,北洋协统赵符麟为剿匪之事来到陈州,住在童家,童义仁一日三餐酒席招待,童义仁自己也爱玩枪,于是与赵符麟的话题就多了一层,后来赵符麟索性把部队所需粮草也一应交由童家经办,童家因此日子越加殷实起来。

不想这时候却出了个意外,赵符麟在童家呆久了,竟看上了童义仁的七妹童菜月。

当时赵符麟已年近五十,有了三房太太,他的大儿子都已经结婚生子,而童菜月这年还不到二十岁。童家六兄弟就这一个妹妹,哥哥们平时一直对其疼爱有加,如此不般配的婚事,不要说菜月会不同意,就是做哥哥的又有哪个肯答应呢?可是有权有势的赵符麟,童家得罪不起啊!

六个哥哥急得没办法,又害怕告诉菜月,尤其是童义仁,连着几天进进出出闷着个脸不说一句话。

这事儿终究被菜月知道了,出乎他们意料的是七妹竟不像他们做哥哥的那样惊慌。

菜月对哥哥们说:"男大当婚,女大当嫁。赵符麟既然看中了我,我也不怕,我不嫌他年纪大,就怕他没本事。你们去跟他说,我要比试招亲,文招赋诗词,武招比枪法,随他选哪样。不过有句话得说在前头,若是他输了,该咋还咋,全当没这回事。他一个大男人家,这要求不算过吧?"

菜月这么说,做哥哥的反而越发地担心起来:"小妹呀,你虽然平日能诗会画,可赵符麟是一介武夫,你让他挑他肯定来武招,你怎么和他比?"

菜月笑着,说:"哥呀,你们就放了心吧!倒是比的时候你们多多去请些人来,就怕他到时耍赖,人越多他输了才会认账。"

大哥童义仁因为过度忧虑早已经倒在床上起不来了,于是整个事儿童家就由二哥出面。

二哥把菜月的想法去对赵符麟说了,赵符麟觉得挺新鲜:她一个小女子,居然有胆量要与我比枪法,说不定是真喜欢上了我,故意用这一招来堵她哥哥的嘴吧?为了尽快得到菜月,赵符麟提出三天后就比,二哥回来一说,菜月爽快地答应了。

比试那天,赛场就设在童家前庭院,墙根处设了靶子,童家兄弟按照菜月的主意,分头请来了当地名流和商贾大亨,为公正起见,二哥按照菜月的意思还专门去请了教堂长老和赵符麟的副官来当验靶人。

菜月出场的时候,众人都被震住了,只见她一身白色打扮,头戴礼帽身穿西服,在赵符麟眼里越发显得光彩照人。

于是一介武夫这时也绅士起来,赵符麟对菜月做了个"请"的手势,说:"童小姐先请。"

菜月微微笑着:"还是赵长官先请。"

赵符麟也不推辞,说了句"童小姐承让了",便抓起桌上的快枪,上膛甩手,"啪啪啪"干脆利落打了个快。

不一时,验靶人报数,三枪全中靶心,赵符麟朝众人拱拱手,得意地看了菜月一眼。

菜月矜持地笑了笑,对赵符麟说:"小女子献丑了。"说完也拿起桌上的快枪,潇洒地在手中转了个个儿,看客们还没搞明白这是什么套路,只见她猛然一甩手,"啪啪啪"三枪已经发了出去。

验靶的时候,长老和副官都怔在那里发不出声。为啥?靶子上只有刚才赵符麟射的三个枪眼。两个人琢磨了半天,还是长老弄明白了,菜月打出的子弹全从赵符麟射过的枪眼里穿过去了!

全场一片哗然,连菜月的哥哥们也惊诧不已:七妹什么时候练就的这手绝活?

赵符麟自然不服,让人撤了刚才的靶子,换上新的,他对菜月说:"童小姐,这回你先打如何?"

菜月又是微微一笑:"打死靶有什么意思,我看不如改打活的。"话音刚落,就见"呼啦啦"群雀飞起,她大叫一声,举枪便射,就见其中一只雀儿立刻应声落地。

全场顿时掌声雷动,皆夸童小姐文武双全。

赵符麟原本是做着与菜月成婚的美梦而来,此刻方才明白自己其实是陷进了单相思的坑里,他自觉没了脸面,败下阵来不说,第二天就草草收兵离开了陈州。

哥哥们做梦也没想到事情会是这样的结果,问菜月,菜月说:"我压根儿不会打枪,还不是高人指点?高人教了我三天握枪的架势,又教我头三枪干脆射飞的办法,造成枪穿靶眼的错觉,由他事先与长老说好了,由长老去引导那个副官错判。后来打雀儿,我故意大叫一声,就是告诉高人准备,雀儿其实是他打下来的,高人一直悄悄在场上哩!"

　　哥哥们惊诧:那高人是谁呀?菜月笑而不答,转手一指,大家一起望去,啊,原来是大哥童义仁呀!

(孙方友)

(**题图**:杨宏富)

酿酒猴

　　你听说过酿酒猴吗？这可是一种十分奇特的猴子，老辈人说，山高林茂的大芒山上就有这种会酿酒的猴子。可也就是说说而已，多少年了，谁也没见过。

　　那年深秋的一天，时不时地从很远的地方隐隐传来大炮声。鬼子要来了！老百姓都逃难去了，酒坊老板一家也走了，只孤零零地撇下个学徒工小豆子看家。

　　这天，小豆子到大芒山上去砍柴，大芒山纵横百里，他正在崎岖的山路上走着，不知从哪里飘来一股酒味，越往前走，味儿越浓。鬼子来了，猎人跑了，谁还有闲心在这里酿酒？小豆子觉得很奇怪，他找呀找，终于在崖坡上找到了一个山洞，浓浓的酒味就是从这洞里飘出来的。

小豆子好奇地走进洞去，一看，发现洞倒不大，但洞口两边却堆着满满两堆野果，果堆下还有红红的黏黏的液体流出来，一直流向洞外的崖下。这是怎么回事？小豆子不觉弯下腰，用手沾了些黏液，放到嘴里尝尝，果真是酒。他简直大吃一惊：是谁会用这么原始的办法在这儿酿酒？

小豆子正诧异，忽听一阵"叽叽喳喳"的声音，他跑出去一看，不得了，崖下的山坡上，黄乎乎一大片全是猴子，正争先恐后地仰着头用嘴接从洞里流下去的酒液，尝得津津有味呢！难道是这些猴崽子酿的酒？小豆子立刻想起小时候曾经听大人们说起过，大芒山上有一种会酿酒的猴子，如何如何聪明，但是这种猴子极少极少，没想到今天居然会让自己碰上！小豆子兴奋得忘了砍柴，也忘了躲鬼子。

就在这时，忽然传来一阵低低的说话声，小豆子回过神来，一看，发现不远处的树丛里有几个人，正在悄悄向坡上的猴群靠近，手里还拿着大网。

只听到一个声音说："队长，你瞧，这是我昨天在树上做下的记号，酿酒猴就在这附近！"

又听那个被称作"队长"的说："今天要能抓住一公一母两只，皇军来了就封你个县长当当。县长管方圆百里，到时候那钱就跟流水似的往你家里淌……"

小豆子听出来了，原来这几个是帮鬼子来抓酿酒猴的。小豆子着急啊，他想敲锣给酿酒猴报信，可这时候哪有锣？眼看着这几个汉奸开始往坡上爬了，怎么办？小豆子急坏了。

小豆子浑身上下一摸，巧了，裤兜里正好有一包火柴，他灵机一动，赶紧跑到上风头，用火柴点燃灌木草丛，让灌木草丛引着树林，一时间，山上立刻浓烟升腾。那些酿酒猴果然聪明，见势不妙，三蹦两跳逃出了火场，而那几个汉奸却被山火烧得焦头烂额，最后没一个囫囵回去。

　　看着眼前这一幕,小豆子高兴啊! 可是当晚睡在床上,想起白天的事,他却翻来覆去睡不着。他想:鬼子决不会善罢甘休,可酿酒猴是咱们中国的珍猴,一个也不能被鬼子捉了去。他想啊想,终于想出了一个好办法。

　　第二天一大早,小豆子就来到那个酿酒洞,他从衣兜里掏出一块黄连,掰成两半,分别插在洞口两边的两个果堆里,然后跑出洞外,悄悄躲进了树丛。

　　不久,那些酿酒猴们果然带着大量的野果来了,它们有的抱着,有的背着,有的抬着,进洞后就把这些野果一股脑儿往洞口那两个果堆上放。原来堆着的旧果子被新果子这么重重一压,不一会儿果堆底下就开始流出酒液来了,越流越多,越流越多,直往洞外流去。酿酒猴们于是就前呼后拥欢快地奔出洞去,来到崖下,惬意地喝起它们的酒来。

　　它们正喝得美呢,忽然有只猴子抓着自己的舌头"哇哇"大叫起来,接着又有几只猴子也张着嘴巴争相大叫,表情十分痛苦,好像在说:"这酒怎么这么难喝呀?"一只看起来像是首领的大猴子立刻跳过来,沾一点酒液放在嘴里尝尝,立刻也皱起了眉头。它警觉地四下张望了一会,马上果断地领着猴群们撤离了……

　　就在小豆子用黄连计赶走酿酒猴们的那天晚上,鬼子果真又来了,他们占了山下的村子,又放火烧山,把酿酒洞里的野果都烧成了灰。村里人早就跑了个空,他们一怒之下抓来两个流浪儿,扬言说,如果要救这两个孩子的命,除非用酿酒猴来换。

　　这两个流浪儿都是小豆子的好朋友呀,小豆子怎么舍得他们被鬼子送命?

　　小豆子又想啊想,动起了脑筋。他从山上弄来几只猴子,把它们圈在酒坊门前的空地上,在每只猴子头上放一块砖,然后就躲到一边观察。数分钟后,他发现有的猴子已经扔了头上的砖东张西望着,有的猴子却仍顶着砖头乖乖地在那里呆着,两条腿累得直摇晃。

小豆子突然朝那些猴子走去,其中有只猴子一看见他来了,赶紧把扔了的砖头拾起来顶在头上,并且迅速回到原地站好。小豆子心里真是佩服:这猴子怎么会这么聪明呢? 他把这只猴子留下来,其余的统统放回了山里。

然后,小豆子来到鬼子军营,说:"你们把那两个小孩放了,我就把酿酒猴给你们!"鬼子一听乐了,因为他们一个什么官得了一种怪病,内脏都烂了,他们的大夫说只要用中国酿酒猴的猴脑配药,就能把怪病治好,所以鬼子们就想捉酿酒猴去孝敬他们长官,自己好借此升官发财。现在他们一听小豆子肯送酿酒猴给他们,于是就把那两个流浪儿放了。

小豆子也不食言,果真就将那只猴子送到鬼子军营。鬼子们都跑来看稀罕,那猴被小豆子调教得也真是可以,它给老兵挠痒、点烟、倒水,帮新兵洗鞋、抹桌、扫地,伙房里扔给它一捆芹菜,它知道摘了叶子把茎留下来送回;一个懒兵扔给它件冬衣,它明白这是要让它帮着捉虱子,于是就捉一只扔到自己嘴里"咯蹦"咬死一只,看得鬼子们哈哈大笑。

后来,鬼子军曹的太太听见笑声也过来看热闹,看见猴子这般灵气,就把它带了去。那天,军曹太太临时应邀去参加一个朋友的酒会,把她刚满月的儿子交给抓来的中国保姆看管,那保姆趁值班卫士没防着,趁机跑了,屋里只剩下孩子和那灵猴。孩子睡醒后没人哄他,拼命地哭,灵猴看见了,就学着保姆平时的样子揭开褓褓看,发现孩子是拉屎了,就依样画葫芦地给他擦。擦完了,孩子还哭,灵猴挠挠头,想起来了:保姆在孩子拉完屎后,不是还给他洗屁股吗? 于是抓过一只暖水瓶,"哗哗哗"将一瓶滚烫的开水统统倒进一只盆里,然后将孩子从榻榻米上抱起来,往盆里一放……

没多久,军曹太太回来了,推开房门,没见保姆的人影,却看见满地是水,宝贝儿子正躺在榻榻米上,可全身又红又肿,都没皮了。再一看,那灵猴正忙着翻箱倒柜地在找她儿子的替换衣服,军曹太太立刻明白是怎么回事了,两眼一黑就昏了过去。卫兵听见动静闯进来,举枪大叫"八格牙鲁",那只灵猴一受惊,立刻飞檐走壁蹿出屋子,这边枪声大作,那边它早就跑得不见了踪影。

一个鬼子兵追着灵猴的影子来到山里,一边追一边打枪,枪声惊动了正躲在丛林中的酿酒猴们,它们呼啸着从丛林中冲出来,摔了鬼子的枪,把他按倒在地上,用酿酒剩下的酒糟堵上他的鼻子,生生地将他憋死了。

那鬼子的枪后来被小豆子捡到了,小豆子把枪送给山里的游击队。游击队也早知道了鬼子和酿酒猴的故事,他们趁机做起了文章,由游击队队长给鬼子军营送去一封信,信上警告他们,以后不准再抓酿酒猴,游击队早就训练了几百只芒山神猴,跑起来比他们的枪子儿还快,如果他们胆敢再进山抓猴,那几百只神猴说不定哪天夜里就会摸进城去,一个个结果他们的性命。

这一来,鬼子们个个胆战心惊、魂不守舍,晚上都吓得不敢睡觉,怕芒山神猴不知什么时候会突然从天而降来收拾他们。他们连自己命都快要保不住了,哪里还敢再到山里去抓猴?

(古京雨)

(题图:安玉民)

鼓王

江汉平原多民间奇人。

有一个村子叫熊山村，虽然只有巴掌大，却出了个远近闻名的鼓手。鼓手的名字叫王七，人长得精瘦，看上去风一吹就倒，可擂起鼓来却像神附了体，有使不完的劲，时间长了，人们都称他为"鼓王"，反而没人叫得出他的真名了。

这天，鼓王领着一班吹打手去城里比赛，得胜后在回来的路上走过双子河的时候，只听"扑通"一声，走在后面吹唢呐的王胖子一声惊呼："不好啦，有人掉河里啦！"

鼓王回头一瞪眼，大吼一声："那还不快救？"

于是八九个人"扑通、扑通"都跳下了河，手忙脚乱把落水的人救上来。没想，这个落水者竟是同村平时水性特好的王怀水！

大伙儿顿时傻了眼。更让人想不到的是,那王怀水爬起来,不但不谢鼓王他们的救命之恩,反而刮了王胖子一巴掌,说:"谁叫你乱嚷嚷?"原来,王怀水父母在世时为他订了一门亲,不料女方嫌他人懒地穷,今天正式通知他悔了这门亲事。

王怀水说罢,又要往河里跳。

"你给我站住!"鼓王一声震喊,吓得王怀水不由自主停下了脚步。鼓王说:"如果你真铁了心要寻死的话,那么在临死之前,就先听我擂一通鼓吧,就当是为你送行。"

众人面面相觑,不知道鼓王这时候葫芦里卖的啥药。

就见鼓王将他那架子鼓往地上一放,取出那对精巧的鼓槌,袖子一捋,便敲了起来。"咚咚铿、咚咚铿、咚咚铿铿咚咚铿……",那鼓声由低到高,由轻而重,初时似雨打芭蕉,继而似雷霆滚动,敲到后来简直就是万马奔腾了。

鼓王双目微闭,一副全身心投入的样子,众人也听得如痴如醉,那鼓声犹如一股气流,轻轻地从听者周身的毛孔里浸入,聚集在丹田,然后汇成涓涓细流,涌向全身。

忽然,"咚"的一声,鼓声突然停了,而此时大伙感觉,就似蓄积已久的力量直奔脑门,浑身上下激情汹涌,如果有一只老虎在面前,想必也完全可以把它打死。

鼓王面带微笑,转头问王怀水:"感觉如何?"

王怀水挥挥拳头,两只手十个指关节捏得"叭叭"作响,说:"我现在觉得浑身都充满了力量!我刚才的想法太愚蠢了,我还年轻,还有很多事情要做,我怎能就这么死了呢?"

鼓王点点头,说:"这是我编的一个曲子,曲名就叫《鼓舞》,我想用它来激发一个人的斗志,对生活充满必胜的信心。"

王怀水明白了鼓王的这番良苦用心,当即叩头谢恩而去,从此便开始发愤图强。但可恨的是此人心术不正,鬼子来了之后,他竟然摇身一变,卖身求荣当了汉奸。

这天，鬼子头目松野听说熊山村有这么一位神奇的鼓王，当即要王怀水把鼓王带到军营来，为鬼子们献艺。王怀水深知鼓王为人，绝对不会为鬼子卖命，他眼珠子一转，想出了一条诡计。

他买了一大堆礼品，来到鼓王家里，假惺惺地说："恩人，不好了，驻扎在县城的日军头目松野听说了你的神技，好奇得不得了，特派我来邀你进城献艺。松野说了，如果你不去，他就要杀了我。求求你，就当是再救我一次吧！"

鼓王早就听说了王怀水当汉奸的事，所以一见他就恨得牙痒痒的，没好气地说："杀了你才好呢，我正后悔当年救你！"

"你——"王怀水气急败坏，但因有求于鼓王，才强忍着没发作。可是任凭他软磨硬泡，鼓王就是不为所动。他没招了，终于露出了凶残的本相，咬牙切齿地说："不怕告诉你，这次我是赶着鸭子上架，你去也得去，不去也得去。你今晚给我好好想清楚了，明天我陪太君亲自来，你若不去，不但你家人要死啦死啦的，还要连累全村的乡里乡亲！"

当晚，鼓王一夜没睡，眼睁睁地看着天亮。

果然，第二天王怀水真的领着鬼子进村了，几百名日本兵将村子团团围住，松野骑着高头大马，在王怀水的陪同下，径直来到鼓王家门口，用不太流利的中国话喊道："你的，跟我快点进城，不然就死啦死啦的！"

鼓王知道今天是躲不过去了，他仰天长叹一声："造孽啊！"只好背起架子鼓，跟着鬼子兵进城。傍晚时候，那首《鼓舞》在鬼子军营里响了起来，松野听了大喜，再也不肯放鼓王走了……

那年秋天，鬼子下乡大扫荡，结果中了八路军的埋伏，几百名鬼子兵被围困在野猪林里，吃不好，睡不好，松野急得像猴子似的上蹿下跳，就是无法突围，恶战了三天三夜，死伤近百人，剩下的则士气低落，全无斗志。这时，松野突然想起了鼓王，心里一亮：何不让他来一首《鼓舞》，激发一下大家的士气？主意一定,他立即命人把鼓王传了来,然后将剩下的士兵集合在一起,听鼓王击鼓。

鼓王奉命就地架鼓,先是抚摸鼓面,这张鼓是他家的传家之宝,据说是用豹皮蒙成,多少代传下来,已经黑不溜秋,像上了一层黑漆似的。他在心里暗暗祈祷了一番,然后马步一站,一双重槌落下,刹那间,只见鼓槌上下翻飞,密集的鼓点声如雨点般响起:"咚咚悭、咚咚悭、咚咚悭悭咚咚悭……"

奇迹再一次发生了,随着鼓声的跌宕起伏,那些鬼子初时只觉得有无数只蚂蚁在心里轻轻地爬着,继而全身燥热,心情烦躁,听到最后已似万箭穿心,就连松野也失去了理智,拔出手枪朝天开了一枪,大喊一声:"冲啊!"那些士兵更像疯了一般,连武器都顾不上拿,乱哄哄地跟着松野直往前奔。这一来,他们就正好撞在八路军的枪口上了,只听"哒哒哒哒"、"轰隆隆隆",枪声、炮声、喊杀声响成一片。

忽然,一发炮弹飞过来,将鼓王的那张鼓炸了个大窟窿,鼓王只觉胸口一麻,一块弹片已钻进他的软肋,旁边的王怀水一条腿被完完全全炸飞了。

王怀水心有不甘,用微弱的声音问鼓王:"你刚才敲……敲的是什么鼓,怎么皇军突然会完全失控了呢?"

鼓王笑了,说:"这也是我编的一个曲子,曲名叫《鼓躁》,能让人听了之后产生一种不安的躁动情绪,继而失去理智。嘿嘿,打仗的人,最怕的就是失去理智,你说是不是?"

可是王怀水已经无法回答他的话了,因为几乎就在同时,又有一颗子弹飞过来,正好打中王怀水的脑袋。鼓王见了,像是出了一口恶气似的,大笑一声,头一歪,倒在了他的鼓架上,只听"嗡"的一声,这是他这面鼓最后奏出的生命的最强音……

(曾小林)

(题图:张　恢)

拿手好戏

夜里,一个全国通缉的杀人在逃犯溜进了郊外的一所小别墅。他仔细地查看了每一个房间,最后确定,整幢房子里只有一位满头白发的老妇人。

此刻那老妇人正坐在客厅里打电话,从门缝中隐约可以听到她那微弱沙哑的声音:"……你们不用为我担心,我一个人在这里挺好,倒是你们身在异国他乡的,可要事事小心。好了,不说了,我要睡了。"

杀人犯轻轻推开虚掩的房门,走了进去,把那支冰冷的手枪顶在了老妇人的头上:"别出声,不然让你提前回老家。"

老妇人当时就吓得浑身直发抖,满是皱纹的脸上尽显恐惧之色。

只听逃犯又说道："现在，请站起来，去把所有的钱和金银首饰拿出来。"

老妇人用颤抖的声音说道："好吧，只要……你不杀……杀死我，我会答应你的一切要求。"说完，她颤颤巍巍地站起身，一步三摇地向卧室走去。

不大一会儿，老妇人把家里所有的现金和金银首饰都拿了出来。

逃犯似乎并没有马上离去的意思，他让老妇人准备了一顿丰盛的晚餐，然后坐在客厅的沙发上狼吞虎咽起来。

看样子他真是饿坏了，而且晚餐也真是可口，不过他并没有因此而放松警惕，那支枪始终没有离手。

逃犯瞥了老妇人一眼，说："老太太，不要紧张，只要你老老实实，我是不会伤害你的。"他用枪指了指墙上的一幅结婚照，"我想，那是你的儿子、儿媳吧？"

"不，他们是我的女儿和女婿，这房子……就是他们的，前两天他俩一起去了日本，我就暂时住在这里看房子。"

逃犯会意地点了点头："顺便说一下，你做的鸡味道可真不错。"然后低下头又大吃了起来。

一时间，老妇人脸上恐惧的表情消失了，竟露出了一丝微笑，目光慈祥地看着逃犯。

逃犯正在大嚼着一块鸡腿，当他抬起头看到老妇人的表情后，不禁一愣，似乎被这眼神所感染，但他好像很快意识到什么，猛地把头扭了回去："见鬼，你别这样看着我。"

老妇人却更动情了："哦，对不起，看着你吃饭的样子，我忽然想起了我的儿子，不过……他已经不在了，你真像他呀……"说完，眼里已流出了泪水。

逃犯若有所思地放下了手中的食物："如果我母亲还活着，大概也像你这么大年纪了，她生前非常地疼我，可是我……她去世的那天我还在监狱里,连最后一面都没见到……"说到这里,他的声音已有些哽咽。

老妇人轻声安慰他:"孩子,我想你妈会原谅你的,天下的母亲都一样,是永远……永远也不会记恨她们的孩子的。"

"不要说了……不要再说了……"逃犯再也无法控制自己的情绪,两行热泪夺眶而出,此刻,他的思想仿佛已回到了人性的一面,他把枪放在茶几上,用手擦脸上的泪水。

就在这短暂的一瞬间,老妇人突然"唰"地从沙发上蹿了起来,以连贯娴熟的动作向茶几扑了过去,还没等逃犯反应过来,她已把那支枪抓到了手,继而就地一滚站了起来,把枪口对准了他。

逃犯做梦也想不到这个老态龙钟的女人会有如此快的身手,立刻被惊得呆若木鸡。

老妇人嘴里不停地喘气,拿枪的手在微微颤抖着,由于过分紧张竟一时忘记了该说些什么。

就在这时,一声门铃打破了僵局,老妇人倒着步子走过去将门打开,来者竟是那张结婚照上的男青年——她的女婿。

他一进门便奇怪地问道:"咦,宝贝儿,你这是演的哪出戏呀?"随后一把将老妇人搂在了怀里,当他顺着枪口指的方向看到沙发上的人时,顿时惊得目瞪口呆。

对面的逃犯更是被搞得丈二和尚摸不着头脑。

这时只听老妇人对她女婿说道:"亲爱的,你来的正是时候,快……快去打电话报警,知道吗,这位先生就是电视上通缉的杀人犯。"说完,一把扯下假发,一卷乌黑的秀发飘逸而出。

她对逃犯笑道:"很吃惊,是吗? 现在就让我为你解开谜底吧! 我是一个演员,前两天刚接到一部戏,其中我的角色就是这位老太太。"她指了指自己,"今天晚上我想自己先排练一下,没想到演到打电话的时候你闯进来搅了我的好戏。不过,你倒是陪我上了一堂惊心动魄的即兴小品课,怎么样,我的演技还不赖吧?另外,我拿枪的动作是在拍上一部动作片时学到的,已练过上百次,没想到今天用上了。那张结婚照,是我和我丈夫半年前拍的。"

　　这时候,外面已隐约传来了阵阵警笛声。

（李　健）

（**题图**:杨宏富）